m

—————— 阅读之前 没有真相

午 夜 文 库

阿加莎·克里斯蒂
赫尔克里·波洛系列

阿加莎·克里斯蒂
Agatha Christie (1890—1976)

无可争议的侦探小说女王，侦探文学史上最伟大的作家之一。

阿加莎·克里斯蒂原名为阿加莎·玛丽·克拉丽莎·米勒，一八九〇年九月十五日生于英国德文郡托基的阿什菲尔德宅邸。她几乎没有接受过正规的教育，但酷爱阅读，尤其痴迷于歇洛克·福尔摩斯的故事。

第一次世界大战期间，阿加莎·克里斯蒂成了一名志愿者。战争结束后，她创作了自己的第一部侦探小说《斯泰尔斯庄园奇案》。几经周折，作品于一九二〇年正式出版，由此开启了克里斯蒂辉煌的创作生涯。一九二六年，《罗杰疑案》由哈珀柯林斯出版公司出版。这部作品一举奠定了阿加莎·克里斯蒂在侦探文学领域不可撼动的地位。之后，她又陆续出版了《东方快车谋杀案》《ABC谋杀案》《尼罗河上的惨案》《无人生还》《阳光下的罪恶》等脍炙人口的作品。时至今日，这些作品依然是世界侦探文学宝库里最宝贵的财富。根据她的小说改编而成的舞台剧《捕鼠器》，已经成为世界上公演场次最多的剧目；而在影视改编方面，《东方快车谋杀案》为英格丽·褒曼斩获奥斯卡大奖,《尼罗河上的惨案》更是成为几代人心目中的经典。

阿加莎·克里斯蒂的创作生涯持续了五十余年,总共创作了八十余部侦探小说。她的作品畅销全世界一百多个国家和地区,累计销量已经突破二十亿册。她创造的小胡子侦探波洛和老处女侦探马普尔小姐为读者津津乐道。阿加莎·克里斯蒂是柯南·道尔之后最伟大的侦探小说作家,是侦探文学黄金时代的开创者和集大成者。一九七一年,英国女王授予克里斯蒂爵士称号,以表彰其不朽的贡献。

一九七六年一月十二日,阿加莎·克里斯蒂逝世于英国牛津郡沃灵福德家中,被安葬于牛津郡的圣玛丽教堂墓园,享年八十五岁。

阿加莎·克里斯蒂 侦探作品年表

波洛系列

1920　The Mysterious Affair at Styles《斯泰尔斯庄园奇案》
1923　Murder on the Links《高尔夫球场命案》
1924　Poirot Investigates《首相绑架案》
1926　The Murder of Roger Ackroyd《罗杰疑案》
1927　The Big Four《四魔头》
1928　The Mystery of the Blue Train《蓝色列车之谜》
1932　Peril at End House《悬崖山庄奇案》
1933　Lord Edgware Dies《人性记录》
1934　Murder on the Orient Express《东方快车谋杀案》
1935　Three-Act Tragedy《三幕悲剧》
1935　Death in the Clouds《云中命案》
1936　The ABC Murders《ABC谋杀案》
1936　Murder in Mesopotamia《古墓之谜》
1936　Cards on the Table《底牌》
1937　Dumb Witness《沉默的证人》
1937　Death on the Nile《尼罗河上的惨案》
1937　Murder in the Mews《幽巷谋杀案》
1938　Appointment with Death《死亡约会》
1938　Hercule Poirot's Christmas《波洛圣诞探案记》
1940　Sad Cypress《H庄园的午餐》
1940　One, Two, Buckle My Shoe《牙医谋杀案》
1941　Evil Under the Sun《阳光下的罪恶》
1943　Five Little Pigs《五只小猪》
1946　The Hollow《空幻之屋》
1947　The Labours of Hercules《赫尔克里·波洛的丰功伟绩》
1948　Taken at the Flood《顺水推舟》
1952　Mrs. McGinty's Dead《清洁女工之死》
1953　After the Funeral《葬礼之后》
1955　Hickory Dickory Dock《山核桃大街谋杀案》
1956　Dead Man's Folly《弄假成真》
1959　Cat Among the Pigeons《鸽群中的猫》
1960　The Adventure of the Christmas Pudding《雪地上的女尸》

阿加莎·克里斯蒂 侦探作品年表

1963　The Clocks《怪钟疑案》
1966　Third Girl《第三个女郎》
1969　Hallowe'en Party《万圣节前夜的谋杀》
1972　Elephants Can Remember《大象的证词》
1974　Poirot's Early Stories《蒙面女人》
1975　Curtain—Poirot's Last Case《帷幕》

马普尔小姐系列

1930　The Murder at the Vicarage《寓所谜案》
1932　The Thirteen Problems《死亡草》
1942　The Body in the Library《藏书室女尸之谜》
1943　The Moving Finger《魔手》
1950　A Murder Is Announced《谋杀启事》
1952　They Do It with Mirrors《借镜杀人》
1953　A Pocket Full of Rye《黑麦奇案》
1957　4.50 from Paddington《命案目睹记》
1962　The Mirror Crack'd from Side to side《破镜谋杀案》
1964　A Caribbean Mystery《加勒比海之谜》
1965　At Bertram's Hotel《伯特伦旅馆》
1971　Nemesis《复仇女神》
1976　Sleeping Murder《沉睡谋杀案》
1979　Miss Marple's Final Cases《马普尔小姐最后的案件》

其他系列及非系列

1922　The Secret Adversary《暗藏杀机》
1924　The Man in the Brown Suit《褐衣男子》
1925　The Secret of Chimneys《烟囱别墅之谜》
1929　Partners in Crime《犯罪团伙》
1929　The Seven Dials Mystery《七面钟之谜》
1930　The Mysterious Mr. Quin《神秘的奎因先生》
1931　The Sittaford Mystery《斯塔福特疑案》
1933　The Witness for the Prosecution and Other Stories《控方证人》
1934　Why Didn't They Ask Evans?《悬崖上的谋杀》

阿加莎·克里斯蒂 侦探作品年表

- 1934　The Listerdale Mystery《金色的机遇》
- 1934　Parker Pyne Investigates《惊险的浪漫》
- 1939　Murder Is Easy《逆我者亡》
- 1939　And Then There Were None《无人生还》
- 1941　N or M?《桑苏西来客》
- 1944　Towards Zero《零点》
- 1945　Sparkling Cyanide《闪光的氰化物》
- 1945　Death Comes as the End《死亡终局》
- 1949　Crooked House《怪屋》
- 1950　Three Blind Mice and Other Stories《三只瞎老鼠》
- 1951　They Came to Baghdad《他们来到巴格达》
- 1954　Destination Unknown《地狱之旅》
- 1958　Ordeal by Innocence《奉命谋杀》
- 1961　The Pale Horse《灰马酒店》
- 1967　Endless Night《长夜》
- 1968　By the Pricking of My Thumbs《煦阳岭的疑云》
- 1970　Passenger to Frankfurt《天涯过客》
- 1973　Postern of Fate《命运之门》
- 1991　Problem at Pollensa Bay《神秘的第三者》
- 1997　While the Light Lasts《灯火阑珊》

出版前言

纵观世界侦探文学一百七十余年的历史，如果说有谁已经超脱了这一类型文学的类型化束缚，恐怕我们只能想起两个名字——一个是虚构的人物歇洛克·福尔摩斯，而另一个便是真实的作家阿加莎·克里斯蒂。

阿加莎·克里斯蒂以她个人独特的魅力创造着侦探文学史上无数的传奇：她的创作生涯长达五十余年，一生撰写了八十余部侦探小说，她开创了侦探小说史上最著名的"黄金时代"；她让阅读从贵族走入家庭，渗透到每个人的生活中；她的作品被翻译成一百多种文字，畅销全球一百五十余个国家，作品销量与《圣经》《莎士比亚戏剧集》同列世界畅销书前三名；她的《罗杰疑案》《无人生还》《东方快车谋杀案》《尼罗河上的惨案》都是侦探小说史上的经典；她是侦探小说女王，因在侦探小说领域的独特贡献而被册封为爵士；她是侦探小说的符号和象征。她本身就是传奇。沏一杯红茶，配一张躺椅，在暖暖的阳光下读阿加莎的小说是一种生活方式，是惬意的享受，也是一种态度。

午夜文库成立之初就试图引进阿加莎的作品，但几次都与版权擦肩而过。随着午夜文库的专业化和影响力日益增强，阿加莎·克里斯蒂的版权继承人和哈珀柯林斯出版公司主动要求将版权独家授予新星出版社,并将阿加莎系列侦探小说并入午夜文库。这是对我们长期以来执着于侦探小说出版的褒奖,是对我们的信任与鼓励,更是一种压力和责任。

新版阿加莎·克里斯蒂作品由专业的侦探小说翻译家以最权威的英文版本为底本,全新翻译,并加入双语作品年表和阿加莎·克里斯蒂家族独家授权的照片、手稿等资料,力求全景展现"侦探女王"的风采与魅力。使读者不仅欣赏到作家的巧妙构思、离奇桥段和睿智语言,而且能体味到浓郁的英伦风情。

阿加莎作品的出版是一项系统工程,规模庞大,我们将努力使之臻于完美。或存在疏漏之处,欢迎方家指正。

新星出版社
午夜文库编辑部

Agatha Christie

Over the next few years, we plan to celebrate two very important Agatha Christie anniversaries. In 2015, it is the 125th anniversary of her birth in Torquay, South Devon, England, and in 2020 it will be 100 years after her first book, THE MYSTERIOUS AFFAIR AT STYLES, featuring her famous detective, Hercule Poirot, was published. This is therefore a very appropriate moment to publish a new edition of her works, and I am delighted that HarperCollins has chosen to work with New Star on these new editions. New Star is China's top crime publisher, and has a strong and dedicated editorial staff and a continued passion for Agatha Christie, making them the ideal partner. It is the right time to make these classic books available in modern translations and so to bring Agatha Christie's books anew to her many fans in China, giving them a new reason to re-read these much-loved stories, as well as introducing them to a whole new audience. How delighted Agatha Christie would have been that her stories (as she called them) are still giving so much pleasure to so many people all over the world!

I think there are two very remarkable things about Agatha Christie's stories. The first is that they are so adaptable. It doesn't really matter which language they appear in, the stories and the plots still give the same thrill, still provide the same puzzles, and the characters still have the same attraction. Readers in China will I am sure enjoy Hercule Poirot and Miss Marple just as much as we do in England, and readers in China will still be transfixed by the surprises and horrors of AND THEN THERE WERE NONE, one of the great classics of 20th century detective fiction, as we are here.

Agatha Christie

The second is that the stories give a wonderful picture of England, particularly rural England, at the time Agatha Christie lived. She wrote books from 1920 until 1970 but it is sometimes hard to tell which part of her life each book was written in. Her characters and the life they lived were very much the same. The life we all live is changing very quickly these days but the Agatha Christie world stays the same. Perhaps the Miss Marple stories provide the best example of this, and in some ways, THE BODY IN THE LIBRARY and NEMESIS are quite similar, despite the fact that thirty years elapsed between the time they were written.

Perhaps I might end by mentioning three Agatha Christies (other than the ones mentioned above) which I think demonstrate why she is so popular, even in the twenty-first century. The first is MURDER ON THE ORIENT EXPRESS, one of the most famous with one of the most ingenious and human plots. Read this on one of your long train journeys in China! Next is A MURDER IS ANNOUNCED, a Miss Marple which was her 50th book. It has my favourite murderer in it! And last is ENDLESS NIGHT a story about evil and how it affects three young people, written at the time when I knew her best, and understood how deeply she cared and sympathised with young people and the world they lived in.

Whichever are your favourites I hope you enjoy these stories that New Star are introducing to you again. I think it is a great publishing event.

Mathew Prichard
Grandson of Agatha Christie
Chairman of Agatha Christie Ltd

致中国读者

(午夜文库版阿加莎·克里斯蒂作品集序)

在未来的几年中,我们将要筹备两个非常重要的关于阿加莎·克里斯蒂的纪念日。二〇一五年是她的一百二十五岁生日——她于一八九〇年出生于英国的托基市;二〇二〇年则是她的处女作《斯泰尔斯庄园奇案》问世一百周年的日子,她笔下最著名的侦探赫尔克里·波洛就是在这本书中首次登场。因此,新星出版社为中国读者们推出全新版本的克里斯蒂作品正是恰逢其时,而且我很高兴哈珀柯林斯选择了新星来出版这一全新版本。新星出版社是中国最好的侦探小说出版机构,拥有强大而且专业的编辑团队,并且对阿加莎·克里斯蒂的作品极有热情,这使得他们成为我们最理想的合作伙伴。如今正是一个良机,可以将这些经典作品重新翻译为更现代、更权威的版本,带给她的中国书迷,让大家有理由重温这些备受喜爱的故事,同时也可以将它们介绍给新的读者。如果阿加莎·克里斯蒂知道她的小故事们(她这样称呼自己的这些作品)仍然能给世界上这么多人带来如此巨大的阅读享受,该有多么高兴啊!

我认为阿加莎·克里斯蒂的作品有两个非常重要的特征。首先它们是非常易于理解的。无论以哪种语言呈现,故事和情节都同样惊险刺激,呈现给读者的谜团都同样精彩,而书中人物的魅力也丝毫不受影响。我完全可以肯定,中国的读者能够像我们英国人一样充分享受赫尔克里·波洛和马普尔小姐带来的乐趣,中国读者也会和我们一样，读到二十世纪最伟大的侦探经典作品——比如《无人生还》——的时候，被震惊和恐惧牢牢钉在原地。

第二个特征是这些故事给我们展开了一幅英格兰的精彩画卷，特别是阿加莎·克里斯蒂那个年代的英国乡村。她的作品写于二十世纪二十年代至七十年代间，不过有时候很难说清楚每一本书是在她人生中的哪一段日子里写下的。她笔下的人物，以及他们的生活，多多少少都有些相似。如今，我们的生活瞬息万变，但"阿加莎·克里斯蒂的世界"依旧永恒。也许马普尔小姐的故事提供了最好的范例：《藏书室女尸之谜》与《复仇女神》看起来颇为相似，但实际上它们的创作年代竟然相差了三十年。

最后，我想提三本书，在我心目中（除了上面提过的几本之外）这几本最能说明克里斯蒂为什么能够一直受到大家的喜爱。首先是《东方快车谋杀案》，最著名，也是最机智巧妙、最有人性的一本。当你在中国乘火车长途旅行时，不妨拿出来读读吧！第二本是《谋杀启事》，一个马普尔小姐系列的故事，也是克里斯蒂的第五十本著作。这本书里的诡计是我个人最喜欢的。最后是《长夜》，一个关于邪恶如何影响三个年轻人生活的故事。这本书的写作时间正是我最了解她的时候。我能体会到她对年轻人以及他们生活的世界关心至深。

现在新星出版社重新将这些故事奉献给了读者。无论你最爱的是哪一本，我都希望你能感受到这份快乐。我相信这是出版界的一件盛事。

阿加莎·克里斯蒂外孙
阿加莎·克里斯蒂有限责任公司董事长
马修·普理查德
二〇一三年二月二十日

阿加莎·克里斯蒂侦探作品集⑭

四魔头
The Big Four

[英]阿加莎·克里斯蒂 著
吕灵芝 译

新星出版社　NEW STAR PRESS

第一章 不速之客

我见识过那些能够享受横跨海峡航程的人。他们可以平静地坐在椅子上，并在到达目的港口时耐心地等水手把船系好，然后才淡定地收拾好自己的行李上岸。对我个人而言，那是永远不可能练就的本领。从踏上渡轮的那一刻起，我就会觉得时间实在太短，根本无法安下心来做任何事。我会把旅行箱从这头移到那头，若到餐厅里就餐，则会匆匆忙忙地把食物囫囵塞进嘴里，生怕船突然就到达了目的地，而我却还待在船舱里。这一切可能都是告别战争日子尚浅造成的影响，仿佛占据一个离通道最近的位置是件头等大事，必须要赶上头一批下船的客流，以免浪费了三五天休假中无比珍贵的几分钟。

在这个七月的清晨，我站在栏杆旁，眺望着多佛的白色峭壁渐渐靠近。其他乘客都平静地坐在椅子上，甚至没有抬头看一眼终于出现在视野内的祖国，这让我感到难以置信。不过他们的心境可能与我并不一样。无疑，其中绝大部分人只是到巴黎度了个周末，而我则在阿根廷的一座大牧场里待了整整一年半。我的事业很成功，妻子和我都很享受南美洲大陆自由而安逸的生活。尽管如此，当我看着那熟悉的海岸越来越近时，还是感到嗓子里似乎哽了什么东西。

我于两天前到达法国，处理了一些必要事务，现在正赶往伦敦。我会在那里待上几个月,让我有足够的时间去探望老朋友,尤其是那个老伙计,那个鸡蛋头、绿眼睛的小个子——赫尔克里·波洛!我打算给他一个出乎意料的惊喜。我在阿根廷写给他的最后一封信中丝毫没有提及这次航行(当然,也因为这次航行是由于某些突发状况而匆忙决定下来的),因此我花了很多时间,饶有兴致地幻想他见到我时的喜悦和兴奋。

我知道,他不太可能离开自己的老窝太远。一起案子将他从英国的这一头吸引到那一头的日子已经成为过去。如今他声名远扬,不会再让某个单一的案子占据他所有的时间。随着时间的流逝,他渐渐倾向于让人们认为他是一名"咨询侦探"——就像哈利街上的执照医师那样的专家。他向来对大众眼中的所谓"猎犬"嗤之以鼻,对利用完美变装追踪罪犯,停留在每一个足迹旁左右度量的行为不屑一顾。

"不,黑斯廷斯,我的朋友[①],"他会说,"我们得把那些交给吉拉德和他的伙伴们。赫尔克里·波洛有自己独特的手段。秩序和方法,还有'小小的灰色脑细胞'。我们悠闲地坐在家中的扶手椅上,发现其他人忽略的线索,并且我们不会像令人敬仰的贾普那样妄下结论。"

不。我无须担心赫尔克里·波洛会出远门。到达伦敦后,我把行李放在酒店,径直驱车前往那个老地方。沿途熟悉的风景勾起了我不少感伤的回忆。我匆匆对老房东太太打过招呼,三步并作两步走上台阶,迫不及待地敲响波洛的房门。

"请进。"屋里传来熟悉的声音。

我大步走了进去。波洛正对门口站着,手上提着一只小皮

[①]原文为法语,本书中有多处法语,均以仿宋表示。

箱。只见他把皮箱猛地扔开。

"我的朋友,黑斯廷斯!"他大叫道,"我的朋友,黑斯廷斯!"

紧接着,他快步上前,把我裹在了宽大的怀抱里。我们的对话语无伦次、难以分辨。脱口而出的单字,迫切的提问,不完整的回答,来自我妻子的问候,对我这次旅途的解释,一切都搅成了一团。

"我猜现在有人住在我以前的房间里吧?"等我们俩好不容易平静一些后,我才问道,"我想再跟你一块儿住在这里。"

波洛突然换上了令人震惊的悲伤表情。

"我的上帝!这实在是太不凑巧了。瞧瞧你周围,我的朋友。"

这时我才注意到身边的环境。墙边靠着一个巨大的老旧木箱,旁边则摆着好几个旅行箱,从大到小码放得整整齐齐。结论再明显不过了。

"你要出门?"

"是的。"

"去哪儿?"

"南美。"

"什么?"

"没错,这真是场滑稽的闹剧,不是吗?我准备去里约,并且每天都不断告诫自己,千万不可在信中走漏任何消息——想想我们的好黑斯廷斯见到我会有多么惊喜!"

"可你什么时候走?"

波洛看了一眼手表。

"一小时内出发。"

"我记得你总说没有任何事能吸引你展开一段漫长的航程?"

波洛闭上眼,战栗起来。

"别跟我提那个,我的朋友。医生向我保证了,坐几天船并不会死人;而且仅此一次,你明白吗,我永远、永远不会踏上归程。"

他把我推进一把椅子里。

"来,我给你讲讲这到底是怎么回事。你知道这世上最富有的人是谁吗?甚至比洛克菲勒还要富有?是亚伯·赖兰。"

"你是说那个美国肥皂大王?"

"正是。他的一位秘书找到我,说他们可能正面临一个巨大的骗局,并且与里约的一家大公司有所关联,他希望我到当地去展开调查。我拒绝了。我告诉他,如果所有事实都摆在我面前,我会给出自己的专业意见。但他却声称这次不行,说只有我亲自到里约去才能知道那些事实。一般来说,事情到这里就谈不下去了。对赫尔克里·波洛指手画脚,简直是傲慢至极。可对方提出的酬金数额实在过于惊人,我有生以来头一次单纯因为钱而动心了。那笔钱足够我过完下半生——那可真是一笔巨款!打动我的还有另外一个原因——你,我的朋友。这一年半的时间里,我一直是个孤独的老头儿。于是我就想,何乐而不为呢?我已经厌倦了那些永无止境的愚蠢案子。我已声名远扬,干脆收下这笔钱,到我的老朋友身边安顿下来吧。"

我被波洛的一席话深深打动了。

"所以我接受了。"他继续道,"并且必须在一小时内离开,好赶上接送轮船乘客的火车。这真是命运的恶作剧,不是吗?但我必须向你承认,黑斯廷斯,若不是为了那笔巨额酬金,我可能会犹豫,因为最近我正好在进行一项私人调查。告诉我,'四魔头'这个词一般来说意味着什么？"

"它应该起源于凡尔赛会议，然后还有电影界的'四魔头'，但这个词一般都是无名小卒在用。"

"唔……"波洛若有所思地说，"你知道吗，我在一个这些语义都不适用的环境下听到了这个词，似乎是指某个跨国犯罪组织或类似的团体。只是……"

"只是什么？"见他欲言又止，我连忙追问道。

"只是我感觉其规模应该十分庞大。这只是我的想法，仅此而已。啊，我得赶紧打包行李了。时间紧迫。"

"别走。"我急忙道，"取消你的行李托运，跟我一起走吧。"

波洛挺直身子，用责备的目光看了我一眼。

"啊，难道你不明白吗！我已经做出了承诺，你必须理解——这可是赫尔克里·波洛的承诺。除非人命关天，否则没任何事能耽搁我。"

"这种事不太可能发生。"我懊恼地喃喃道，"除非在第十一个小时，'大门突然敞开，不速之客蓦然前来'。"

我轻笑着引用了这句古谚语，然而就在话音刚落的那一刻，里屋突然传出一阵动静，把我们都吓了一跳。

"那是什么声音？"我低喊了一声。

"我的老天！"波洛回了我一句，"那听起来很像你所说的'不速之客'出现在我的卧室里了。"

"可他是怎么进去的？那个房间只有一扇门，并且通到这里。"

"你的记忆力太完美了，黑斯廷斯。现在该进入推理时间了。"

"窗户！难道说他是个贼？爬到这里来肯定花了他不少力

气——我想说,那几乎是不可能的。"

我站了起来,快步走向卧室,却听见里面传来摸索门把手的声音。

大门缓缓开启。门口站着一个男人,从头到脚都是灰尘泥土;他的脸消瘦而憔悴。那男人盯着我们看了一会儿,紧接着两腿一软倒了下去。波洛连忙走到他身边,随后抬头对我说:"白兰地!快。"

我倒了一杯白兰地走回来,波洛想办法给他灌了一点下去,然后我们把他扶起来抬到了沙发上。没过多久,他睁开了眼睛,带着近乎空白的神情环视四周。

"你想要什么,先生?"波洛问道。

男人张开嘴,用一种奇怪的机械腔调回答。

"赫尔克里·波洛先生,华尔威街十四号。"

"是的,没错。我就是。"

男人似乎并不明白他的话,又用一模一样的腔调重复了一遍。

"赫尔克里·波洛先生,华尔威街十四号。"

波洛试着问了他几个问题。有的男人完全不作回答,有的只会重复同样的话。波洛对我长叹一声,拿起了电话。

"请里奇韦医生来一趟。"

所幸医生在家,并且他就住在不远处。几分钟后,他就匆匆走了进来。

"出什么事了,嗯?"

波洛向他简单解释了一番,紧接着医生就开始问诊我们这位奇怪的访客。至于访客本人,似乎根本感觉不到我们,甚至他自己的存在。

"唔……"里奇韦医生为他检查完毕后说,"有意思。"

"是脑热病吗？"我猜测道。

医生马上鄙夷地嗤笑一声。

"脑热病！脑热病！这世上根本不存在脑热病，那只是小说家编造出来的。不，这个人只是受到了某种强烈的刺激。唯有一个坚定的意志让他坚持到了这里——到华尔威街十四号，找赫尔克里·波洛先生。现在他只会机械地重复脑中的这句话，并不知道自己在说什么。"

"失语症？"我急切地问。

这次的猜测并没有让医生嗤笑得像刚才那般厉害。他没有回答，而是拿起纸和铅笔递给那个男人。

"看他会用这些做点什么。"医生解释道。

男人拿着纸笔发了一会儿呆，紧接着突然疯狂地写了起来。不一会儿他又以同样的突兀姿态将纸笔扔到了地上。医生将纸拾起，摇了摇头。

"什么都没有。上面只写了十几个数字'4'，每一个都比之前的大上一圈。我猜他是想写华尔威街十四号。这个案例很有意思，非常有意思。你们能把他留到下午吗？现在我得到医院去了，不过下午我会回来处理他的。这个病人实在太有意思，我不想错过他。"

我向他解释了波洛的出行计划，以及我要送他到南安普顿的事。

"那不碍事。就把他留在这里，他不会捣乱的。此时他已经疲劳过度，很可能会一觉睡上八个小时。我会跟你们那位无与伦比的滑稽脸夫人说一声，请她帮忙照看一下的。"

说完，里奇韦医生一如往常地匆匆离开了。波洛一边注意着时间，一边打包好了行李。

"时间，它流逝得实在太快了。来，黑斯廷斯，这下你不能怪我害你无所事事了。这是个非同一般的问题，这个不知从哪里来的男人，他是谁？是干什么的？啊，天哪，我情愿用两年的寿命换取明天的船期。有某些细节让我感到十分好奇，非常有趣。但我需要时间……时间。可能需要几天，甚至几个月，他才有能力告诉我们，他到底来这里想说些什么。"

"我会尽我所能的，波洛。"我向他保证，"我会充当你合格的代理人。"

"嗯……好的。"

他的回应让我本能地感到其中隐含的忧虑。我拿起那张纸。

"如果我在写小说，"我打趣地说，"就该把这个跟你最近的小爱好结合起来，给它起名叫'四魔头谜案'。"说着，我敲了敲那些铅笔写下的数字。

紧接着我被吓了一跳，因为我们那位昏迷不醒的客人突然坐了起来，清晰而响亮地说出："李长岩。"

他看起来就像从睡梦中惊醒的人。波洛示意我不要说话。男人兀自说了下去，声音清楚洪亮，给我感觉他像在引用报告资料或演讲稿。

"李长岩被认为是四魔头的大脑，他掌控着一切行动，因此我将其定为一号。二号极少被提及姓名，他一般使用'S'中间贯穿两道直线的符号，也就是美元符号作为代称。同时还有两道条纹和一颗星，据此可以推测他是个美国人，此符号还代表了财富的力量。几乎可以肯定三号是个女人，国籍法国。她很有可能是一名暗娼，但所有信息都无法确定其真实性。四号……"

他的声音越来越低，最后停了下来。波洛凑上前去。

"怎么了，"他急切地追问，"四号？"

他凝视着男人的脸。某种强烈的恐惧似乎占据了男人的思维,他的表情开始扭曲。

"毁灭者。"他惊恐地说道。紧接着浑身一颤,倒在沙发上再也没有动弹。

"我的老天!"波洛轻声道,"我果然是对的,我果然没错。"

"你认为——"

他打断了我的话。

"把他抬到我卧室的床上去。如果还想赶上火车我就不能再浪费时间了,虽然我并不太想赶上。哦,我完全可以理直气壮地错过它!但我做出了承诺。快来,黑斯廷斯!"

把我们的神秘访客托付给皮尔逊太太照看后,我们一路疾驰,将将赶上了火车。一路上波洛不是沉默不语就是滔滔不绝,一会儿呆呆地注视窗外,仿佛身处梦境,听不到我在说话;没过一会儿他又会猛然兴奋起来,一刻不停地对我指手画脚,逼迫我保证随时给他发电报。

经过沃金后,我们再次陷入一段漫长的沉默。当然,火车直到南安普顿都没有停站,但恰好因为一个信号灯临时停车了。

"啊!这真是奇迹!"波洛突然大喊一声,"我真是个蠢货。现在我终于看到了曙光。一定是伟大的圣徒停下了这列火车。跳车,黑斯廷斯,我说了,快跳。"

眨眼的工夫,他已打开车厢门一跃而下。

"把箱子扔出来,然后你也跳。"

我听从了他的指令。时机刚刚好,我刚在他身边站定,火车就开动了。

"现在,波洛,"我略显恼怒地说,"你该跟我说说这都是怎么回事了吧?"

"是这样的,我的朋友,因为我看到了灵感的曙光。"

我说:"这真是让我感到醍醐灌顶。"

"诚然。"波洛说,"但我恐怕,我非常担心……那并不是。如果你能帮我拿两个手提箱,剩下的我可以自己来。"

第二章 来自疗养院的人

所幸火车恰好停在了离车站不远的地方。我们只走了一小段路便来到一个车库,从那里弄到一辆车,半小时后,就行驶在了赶回伦敦的路上。直到此时,波洛才决定满足我的好奇心。

"你没看出来吗?当然我之前也没有。可我现在看出来了。黑斯廷斯,有人想把我支走。"

"什么!"

"是的,并且煞费心机。我险些前往的地点和方法都经过了全面而细致的计算。他们害怕我。"

"谁害怕你?"

"那四个天才犯罪家。一个中国人、一个美国人、一个法国女人,以及最后那一个。祈求上帝保佑我们返回得够及时吧,黑斯廷斯。"

"你认为我们的访客有危险?"

"我很肯定。"

皮尔逊太太在门口迎接我们。匆匆应付掉她再次见到波洛的惊喜后,我们向她询问情况。她的回答让我们都松了口气。没有人来过电话,客人也没有出现任何异状。

好不容易放下心来,我们上楼走进房间。波洛穿过外侧的房间径直走向里屋。然后他叫了我一声,声音听起来莫名焦虑。

"黑斯廷斯，他死了。"

我慌忙跑了过去。那男人还像我们离开前那样躺着，可他已经死了，死了好一段时间了。我冲出去找医生，里奇韦这会儿一定还没回家，于是我马上找到了另外一位，并把他带了过来。

"他已经死透了。可怜的伙计。这是你的流浪汉朋友吗？"

"差不多吧。"波洛给了个模棱两可的回答，"医生，他的死因是什么？"

"很难说。有可能是某种急性病发作。我发现了窒息迹象。这里有煤气管道吗？"

"不，只有电灯，没有别的。"

"而且两扇窗户都开着。他应该死了有两个小时了。你们会通知相关人员的吧？"

医生离开了。波洛打了几个电话。最后，出乎我意料的是，他又联系上了我们的老朋友贾普探长，问他能不能过来一趟。

这些工作刚做完，皮尔逊太太就出现了，双眼还瞪得大大的。

"有个人说他是从汉威尔……从精神病疗养院过来的。你认识他吗？要带他上来吗？"

我们点头同意，很快，一个身穿制服的大块头男人就被带了进来。

"先生们，早上好。"他高兴地说，"我听说二位收留了昨晚从我那儿逃走的一个小可爱。"

"他刚才还在。"波洛平静地说。

"不会又跑了吧？"看守人略显担忧地问。

"他死了。"

男人看起来竟像是松了一口气。

"一般人可能不会这么说,但我敢说,这无论对哪一方来说都是最好的结果。"

"他很……危险吗?"

"你想说他杀人成性?哦,不会。他人畜无害。是个被害妄想症患者,而且非常神经质。中国的一个神秘社团把他关了起来,他们都一样。"

我忍不住浑身一颤。

"他被关了多久?"波洛问。

"已经两年了。"

"我知道了。"波洛平静地说,"难道没有人想过他可能是……正常的吗?"

看守人大笑起来。

"如果他是正常的,那到精神病院来干什么?他们都说自己是正常人,你懂的。"

波洛没再说下去。他把男人领进房间查看尸体,那人几乎马上做出了辨认。

"就是他,错不了。"看守人若无其事地说,"这伙计挺有意思的,不是吗?好了,先生们,鉴于目前的情况,我最好还是马上离开,好去善后。尸体不会在这里放很久的,不会给二位带来更多的麻烦。不过如果相关部门提出传唤,可能你们还得去一趟。就这样了,祝二位早安。"

他粗鲁地鞠了一躬,大大咧咧地走了出去。

几分钟后,贾普来了。苏格兰场的探长还跟以前一样精力十足。

"波洛老爷,小的来了,您有什么吩咐呢?我以为你今天要到珊瑚海岸坐船出国呢。"

"我的好贾普,我想知道,你可曾见过这个人?"

他把贾普带进房间。探长一脸茫然地盯着床上的尸体。

"让我想想……他看起来是有点眼熟……而我对自己的记性很有信心。哦,上帝保佑我的灵魂,这是梅耶林!他是个特工——不是我们这边的。五年前去了俄罗斯,自那之后音信全无。我一直以为布尔什维克人已经把他干掉了。"

"一切都对上号了。"贾普离开后,波洛对我说,"唯独有一点,他似乎是自然死亡的。"

他看着那具纹丝不动的尸体,不高兴地皱起眉。一阵风带起了窗帘,波洛猛地扬起视线。

"黑斯廷斯,你扶他躺下时把窗子打开了?"

"没有。"我回答,"我记得窗帘是关着的。"

波洛突然抬起头。

"关着的……然而它们现在却是敞开的。这意味着什么?"

"有人从那儿进来过。"我猜测道。

"有可能。"波洛表示同意,但他说这话时有点心不在焉,语气也不太确定。片刻之后,他又说:"那并不是我的猜想,黑斯廷斯。如果只有一扇窗户被打开,我一点都不会觉得奇怪。正因为两扇窗户都打开了,才让我觉得非常好奇。"

他快步走进另一个房间。

"起居室的窗户也开了。我们离开时它也是关着的。啊!"

他弯下腰,仔细查看死者的嘴角,紧接着突然抬起头。

"他曾被堵住口鼻,黑斯廷斯。然后被毒死了。"

"我的老天!"我惊叫一声,"我猜这些痕迹都能在尸检中发现吧。"

"我们不会有任何发现。他的死因是吸入了高浓度的氢氰酸。

那东西被凶手直接塞到他鼻子里面了。一切结束后凶手就离开了,走之前还不忘打开所有窗户。氢氰酸具有高挥发性,但它有种非常独特的苦杏仁味。若没有异味引起注意,又没有凶杀的迹象,医生极有可能会将其判断为自然死亡。刚才我们得知这个人是一名特工,黑斯廷斯,并且五年前他进入俄罗斯之后就销声匿迹了。"

"这两年他一直被关在精神病疗养院。"我说,"可是那之前的三年他在哪里呢?"

波洛摇摇头,随后抓住我的手臂。

"钟,黑斯廷斯,快看钟。"

我顺着他的目光看向壁炉架,上面的钟停在了四点整。

"我的朋友,有人对它动过手脚。它本来还能再走三天的,你懂吗,那是八天上一次发条的钟。"

"可他们为什么要这么做?难道是为了将案发时间伪装成四点吗?"

"不,不,重新整理你的思路,我的朋友。让你的灰色脑细胞运动起来。假设你是梅耶林,你的时间只够留下一条线索。四点钟,黑斯廷斯。四号,毁灭者。啊!我有一个想法!"

他迅速走到另一个房间,拿起电话,要求接通疗养院。

"是精神病疗养院吗?我想确认一下今天是否有人逃出去?你说什么?请你稍等片刻。能重复一遍吗?啊!太棒了。"

他挂掉电话,转身看着我。

"黑斯廷斯,你听到了吗?他们那儿没有任何病人逃走。"

"可是刚才来过的那个人……那个看守人……"我说。

"我很怀疑……非常怀疑。"

"你是说……"

"四号——毁灭者。"

我目瞪口呆地看着波洛。过了好一会儿,我才总算恢复了说话的能力。

"我们一定能认出他来,无论在什么地方,这点我很肯定。他是个特征十分明显的人。"

"是吗,我的朋友?我并不这么认为。他高大吓人,还有张红脸,长着浓密的胡髭,声音粗哑。但下次他再出现时就不会再有这些特征了,至于其他,他有一双极为普通的眼睛,极为普通的耳朵,以及一整副假牙。要辨明他的身份并不如你想象的那样容易。下次——"

"你认为会有下次?"我插嘴道。

波洛露出极为凝重的表情。

"这是一场生死对决,我的朋友,你我处在同一阵线,对手则是四魔头。他们赢了第一回合。但他们并没有成功把我支走,这就意味着,他们以后将不得不处处提防着赫尔克里·波洛!"

第三章 更多李长岩的信息

那个假冒的精神病疗养院看守人造访后的一两天,我寄希望于他真的会回来,并拒绝离开公寓哪怕是一小会儿。在我看来,他没有任何理由怀疑我们识破了他的伪装。我想,他可能会回来试图领走尸体,但波洛却对我的推测表示了讽刺。

"我的朋友,"他说,"只要你愿意,完全可以留下来浪费时间,但我可不打算这么做。"

"那你告诉我,波洛,"我争辩道,"他为什么要冒如此大的风险来见我们?如果他打算过后来取走尸体,那么我可以理解他一开始为何要来。因为那样他至少可以除去所有对自己不利的证据。但如果像现在这样,他似乎得不到一点好处。"

波洛以他最为高卢①的方式耸了耸肩。"但你并没有用四号的视角来看问题,黑斯廷斯,"他说,"你提到了证据,但我们是否掌握了对他不利的证据呢?没错,我们是有一具尸体,但我们甚至不能证明他是被谋杀的——吸入氢氰酸不会留下任何残余痕迹。同时,我们也找不到任何目击有人闯入这里的证人,同样的,也没有查清任何关于我们已逝的朋友,梅耶林的行动……

---

① 古罗马人把居住在现今西欧的法国、比利时、意大利北部、荷兰南部、瑞士西部和德国南部莱茵河西岸一带的凯尔特人统称为高卢人。在后来的英语中,高卢(Gaul)这个词也指住在那一带的居民。

"不，黑斯廷斯，四号没有留下任何线索，并且他对此心知肚明。他的造访或许可以称为一次侦查。他可能想确定梅耶林真的死了，但我认为，他更有可能是想来看看赫尔克里·波洛，来跟他真正应该惧怕的对手交谈一番。"

波洛的论断完全属于典型的自恋，但我决定放他一马。

"那调查怎么办？"我问，"你肯定会把所有事情解释清楚，让警方得到一份对四号的完整描述吧。"

"那样有意义吗？我们能用什么来引起法医陪审团那些英国传统老顽固的关注？我们对四号的描述有任何价值吗？不。我们应该任由他们做出'意外死亡'的判断。又或者，尽管我不抱什么希望，我们那位聪明的凶手会洋洋自得地认定他在第一回合成功瞒骗了波洛。"

一如往常，波洛是对的。我们再也没见到来自疗养院的看守人，至于调查，我去提交了自己的证词，而波洛则压根没去，案子到最后也没能引起公众关注。

由于先前准备前往南美，波洛在我到达之前就清理完了手头的事情，因此他没有任何正在处理中的案子。可是他虽然一天中的绝大部分时间都待在公寓里，我却很难问出些什么。他一直窝在自己的扶手椅里，让我不太敢上前搭话。

谋杀案发生后大约一个礼拜的某个早晨，他问我是否愿意陪他出去拜访一个人。我感到很高兴，因为我认为他试图一个人解决案子的行为是错误的，并且我也很希望他能谈谈这个案子。只是他看起来并不太想交谈。就连我问他要去哪里，他都不回答。

波洛酷爱故弄玄虚，不到最后关头他永远都不会分享任何信息。此时此刻，在我们接连坐了一趟公共汽车和两趟火车，来到伦敦南郊最为荒凉的地带后，他才总算决定向我做出解释了。

"黑斯廷斯,我们来这里是为了拜访全英国最了解中国黑帮的人。"

"是吗!他是谁?"

"那人你从未听说过——他叫约翰·英格勒斯。事实上他是一个智力平庸的退休公务员,家里收藏了一屋子中国古玩,经常被他当成滔滔不绝的话题主题。尽管如此,向我提供信息的人信誓旦旦地说,这个约翰·英格勒斯手上一定有我想要的情报。"

不一会儿,我们就走上了月桂庄园(英格勒斯先生宅邸的名称)的台阶。由于我并没有看到这里种着月桂树,便推测这个名字来源于郊区一贯令人费解的命名文化。

出来迎接我们的是个表情冷漠的中国仆人,他把我们领到主人面前。英格勒斯先生是个体型方正的人,面色看起来有点发黄,一双深深凹陷的眼睛与其气质有种诡异的相似。他站起身跟我们打招呼,顺手把手上那封打开的信放在了一边。后来他又跟我们说起了那封信。

"两位请坐。哈利斯告诉我你们想打听一些事,而我可能拥有你们需要的信息。"

"是的,先生。我想打听的是,您是否知道一个叫李长岩的人?"

"古怪……真古怪。你是怎么知道跑来这里打听他的?"

"那么您确实认识他?"

"我见过他一次。并且知道他的一些事——当然那并不是我应该知道的。不过让我感到惊讶的是,英国竟也有人听说过他。他在自己的领域里堪称伟人,你们应该懂的,就是华人群体,但问题的重点并不在于此。我有足够的理由相信,他就是那个幕后之人。"

"什么幕后?"

"一切的幕后。世界范围的动乱,威胁着每一个国家的劳工问题,以及其中一些国家爆发的革命。有些人,这可不是危言耸听,有些人知道一些内幕,他们说这一切的背后隐藏着一股势力,其终极目标是摧毁整个文明社会。二位知道吗,在俄国,有诸多迹象显示出列宁和托洛茨基不过是牵线木偶,他们的每一个行动都来自于另外一个大脑的指挥。尽管我无法向你们提供确凿的证据,但几乎可以断言,那个大脑就是李长岩。"

"哦,快得了吧,"我反驳道,"这难道不会太牵强吗?一个中国人能在俄国掀起什么风浪来?"

波洛略显烦躁地对我皱起眉。

"对你来说,黑斯廷斯,"他说,"任何并非来自于你自身想象的事情都过于牵强。而对我来说,我很同意这位先生的看法。不过先生,还是请您继续往下说。"

"我无法确切地指出他到底想从中得到什么,"英格勒斯先生继续道,"但我猜测,应该是诸如阿克巴、亚历山大和拿破仑这些睿智的头脑难以避免会罹患的不治之症——对权力和个人地位的渴望。到了近代,武装势力成了征服过程中不可或缺的条件,可是在那个动乱的年代,像李长岩那样的人不乏其他手段。我有证据证明,他背后有难以计数的巨额财富可用于贿赂和宣传,亦有迹象表明,他还控制着一些实力远超世人想象的科学势力。"

波洛全神贯注地倾听着英格勒斯先生说的每一个字。

"在中国呢?"他问,"那里也有他的势力在活动吗?"

英格勒斯先生严肃地点了点头。

"在那里,"他说,"尽管我只能向你们透露我自己得出的结论,无法提供任何足以在法庭上生效的证据。但我与如今在中国稍有势力的每一个人都有私交，因此我能告诉你：最受公众瞩目的那些人物几乎完全没有自己的意志。他们全是被一只幕后大手操纵的牵线木偶，而那只手就是李长岩。他是如今主导东方的大脑。我们不理解东方——也永远无法理解，李长岩却是它活着的灵魂。当然，那并不意味着他会走到聚光灯下——哦，绝不可能。他从不离开自己的地盘北京。但他会牵线，没错，就是牵线，然后遥远的某处就会发生一些事情。"

"没有人与他敌对吗？"波洛问。

英格勒斯先生从椅子上探出身子。

"过去的四年里，先后有四个人尝试过。"他一字一顿地说，"品德高尚的人，正直的人，睿智的人。每一个人都有可能妨碍他的计划。"他顿了顿。

"然后呢？"我追问道。

"然后，他们都死了。一个人写了一篇文章，里面把李长岩跟北京的动乱联系在一起，不到两天，他就在大街上被刺死了，凶手到现在都没找到。另外两个也差不多。他们都在演讲、文章或谈话中把李长岩跟某处的动乱或革命联系起来，最后都在说漏嘴的一个礼拜内死去了。一个是被毒死的；另一个死于霍乱，是单独发病，而不是大规模感染；还有一个死在了自家床上，那个到最后都没有查出死因，但有个见过尸体的医生告诉我，死者全身遍布烧伤，皮肤干枯萎缩，就像有一股巨大的电流穿过一般。"

"李长岩呢？"波洛追问道，"这些死亡自然没有留下任何指向他的线索，但还是存在某些迹象的，是吗？"

英格勒斯先生耸了耸肩。

"哦，迹象……是的，当然。有一次我遇到了一个愿意透露情况的人，那个才华横溢的中国小伙子是李长岩手下的一名化学家。那天他找到我，看上去明显处于精神崩溃的边缘。他向我暗示了自己在李长岩手下参与的一项实验——那项以苦力为实验对象的研究展现出了对生命最令人作呕的轻视，以及给人类带来的难以想象的痛苦。这使他的精神彻底崩溃，同时也陷入了令人不忍直视的恐惧中。我把他安顿在家中顶楼的一间客房里，打算第二天再仔细询问——当然，那是个愚蠢的决定。"

"他们是怎么找到他的？"波洛再次追问。

"那是我永远都不可能知道的了。那天夜里，我起来时发现家里成了一片火海，连我自己都是多亏老天保佑才逃出来的。之后调查发现，当天夜里顶楼突然起了非常大的火，而我那个年轻的化学家朋友则被烧成了焦炭。"

我能从他热切的态度中看出，英格勒斯先生越说越兴奋了。而他明显也察觉到了自己的失态，只见他抱歉地大笑几声。

"不过很明显，"他说，"我没有证据，而两位想必也会跟其他人一样，认为这是我偏执的妄想。"

"事实正相反，"波洛安静地说，"我们完全相信您的故事。而且我们也对李长岩很感兴趣。"

"我很奇怪你们竟知道他这个人。此前我还认为英国没有一个人听说过这个名字。若不算冒犯的话，我很想知道二位是怎么打听到他的。"

"完全不会，先生。有个人被我收留在家里，他当时受到了十分严重的精神创伤，但还是给了我们足够的信息，使我们对李长岩有了兴趣。他向我们描述了四个人——四魔头，一个至今从未有人敢想象的庞大组织。头号人物是李长岩，二号是一个身份不明的美国人，三号是同样神秘的法国女人，四号可说是该组织的执行官——毁灭者。我的消息提供者死了。请告诉我，先生，您对这个四魔头有所了解吗?"

"我并不知道那个组织跟李长岩有关系。不,我确实不知道。但我听说过它,或者说看到过它,就在最近,并且也是通过极不寻常的渠道。啊,我还留着呢。"

他站起来,走向一个金漆柜子——连我都能看出那是个制作精良的好东西。不一会儿,他手里拿着一封信回来了。

"给,这是我在上海认识的一名老水手给我写的信。那个堕落的老东西,如今已经成了一个醉鬼。所以我把这个也当成了他酒后的胡言乱语。"

他念了出来:

亲爱的阁下,您可能不记得我了,但我在上海曾受过您很大的帮助。现在请您再帮我一把。我需要一笔钱离开这个国家。我认为自己现下隐藏得很好,但他们随时都可能找到我。我说的是四魔头。我现在命悬一线。虽然我有很多钱,但不敢去取,害怕暴露我的行踪。请您给我寄几百镑现钞,我一定如数奉还——我发誓。

您忠实的仆从

乔纳森·沃利

"信是从达特穆尔的霍帕屯,一个名叫花岗岩屋的地方寄来的。我认为这是从我这里骗取我根本拿不出来的几百英镑的蹩脚手段。如果这对你们有什么用……"他把信递了过来。

"谢谢您,先生。我马上就去霍帕屯,现在就出发。"

"我的天,这看上去太有意思了。我能一起去吗?您是否同意?"

"若您愿意一同前往，我自然万分荣幸，但我们必须现在就动身。因为即使马上出发，到达达特穆尔也已经要到晚上了。"

约翰·英格勒斯并没有耽搁太久，很快我们的火车就离开帕丁顿开往西部地区了。霍帕屯是个坐落于高沼地边缘盆地里的小村庄，从莫顿汉普斯特德开车行驶九英里就能到达。我们到达时大约是晚上八点，不过现在是七月，外面还是挺亮的。

我们开上狭窄的乡村道路，不一会儿便停下来向一个老人问路。

"花岗岩屋，"老人说着陷入了沉思，"你们确定要去花岗岩屋吗？"

我们告诉他确定要去那里。

老人指了指道路尽头的一幢灰色屋子。

"那个就是花岗岩屋。你们要找探长吗？"

"什么探长？"波洛警觉地问，"您是什么意思？"

"你们没听说那起谋杀案吗？据说可吓人了。他们都说那里面有一大摊血呢。"

"我的上帝！"波洛喃喃道，"您说的那位探长，我现在就想见他。"

五分钟后，我们就跟梅多斯探长一起坐了下来。探长一开始态度还很生硬，但一听到苏格兰场贾普探长的大名后，他就奇迹般地放松了下来。

"是的，先生，谋杀发生在今天早上。太令人震惊了。他们打电话到莫顿，我立刻赶了过来。看起来挺不可思议的。那个老头儿，他大概有七十岁，爱喝酒，这都是我打听到的。当时他就倒在起居室的地上，脑袋上有一大块瘀青，喉咙被割开了。一屋子都是血，你应该能想象到。他的厨娘，贝特西·安德鲁斯，她告诉我她主人有几件中国的翡翠小玩意儿,主人还说那些东西很值钱,然而它们都不翼而飞了。当然,这就让这起案子看起来很像入室抢劫杀人。不过,要犯这个案子特别有难度。那老头儿家里有两个人,一个是贝特西·安德鲁斯,霍帕屯本地人,还有一个相当于男仆的人,名叫罗伯特·格兰特。格兰特当时到农场去取牛奶了,他每天都会去,而贝特西则在外面跟邻居聊天。她只离开了二十分钟,在十点到十点半之间。这就说明犯罪必须发生在这段时间里。格兰特先回到屋里的。他从后门进去,门开着——这里没有人锁门,至少大白天的大家都不会这么干,无论什么时候。然后他把牛奶放进储藏室里,回到自己房间抽烟读报纸。他完全没有察觉到任何异常——至少他是这么说的。然后贝特西进来了,走进起居室,看到那个惨状,发出了能把死人吓醒的尖叫。这些都没什么可疑之处。有人趁他们俩不在时进了屋,把可怜的老头儿干掉了。但我总觉得凶手应该手段非常高明,因为他要么从村子的大路走进来,要么只能偷偷穿过别人家的后院。花岗岩屋周围都是房子,相信你们都看到了。那怎么就没人目击到凶手呢?"

探长手舞足蹈地卖了个关子。

"啊哈,我明白您的意思了,"波洛说,"请继续吧。"

"是的先生,很可疑,我对自己说,这实在太可疑了。然后我开始自问,那些翡翠,一个普通的流浪汉会知道它们很值钱吗?不管怎么说,光天化日之下干这种事简直太疯狂了。万一那老头儿大声呼救怎么办?"

"探长,我猜,"英格勒斯先生说,"死者头上的伤痕应该是死亡前形成的吧?"

"没错,先生。凶手先把他敲晕,然后割了他的喉。这很明显。可他究竟是怎么来的,又是怎么走的呢?这种小地方,人们一眼就能认出谁是陌生人。然后我就恍然大悟了,没有人来过。我仔细查看了周围。昨天晚上下过雨,地上有很明显的进出厨房的足迹。起居室里只有两副脚印:贝特西·安德鲁斯的脚印停在了门口,其中之一是沃利先生的,他穿着室内拖鞋,还有一个男人的脚印。那个男人踩到了血迹,我跟着他血淋淋的足迹……原谅我的冒犯,先生。"

"一点都不冒犯,"英格勒斯先生浅笑一下,"我完全理解你说的话。"

"我跟着足迹走向厨房,发现它们在那里就断掉了,这是第一点。罗伯特·格兰特的房门上有一道模糊的痕迹,一道模糊的血迹,这是第二点。第三点是,当我找到格兰特的靴子时——他当时已经把它们脱下来了,发现跟现场的脚印完全吻合。这样结论就出来啦,是内鬼作案。我警告了格兰特,然后把他逮捕了。你们猜我从他的手提箱里搜到了什么?那些丢失的翡翠珠宝和一张离开的车票。罗伯特·格兰特原来名叫亚伯拉罕·比格斯,五年前被判刑事重罪和入室盗窃罪。"

探长得意扬扬地顿了顿。

"各位先生,你们觉得如何?"

"我认为,"波洛说,"这起案子看起来十分明了。简单得令人惊讶。那个比格斯,或者叫格兰特,他一定是个愚蠢而无知的人吧?"

"哦,他就是那种……很普通的人。不知道一个脚印能意味什么。"

"很明显他从来不读侦探小说!很好,探长,恭喜您。我们可以看看案发现场吗?"

"我现在就能带你们过去。你们可以看看那些足迹。"

"我确实也想去看看。是的、是的，非常有意思，真是太巧妙了。"

我们一刻也没有拖延。英格勒斯先生和探长走在前面，我拉着波洛落后几步，以免让探长听见我们的交谈。

"你到底是怎么想的，波洛？莫非眼前的事实背后还隐藏着什么吗？"

"那正是问题所在，我的朋友。沃利在信里写得很清楚，四魔头在找他，而你我都知道，四魔头可不是吓唬小孩子的虚拟人物。可现在一切证据都指向了那个叫格兰特的人。他为什么要做这些？为了几件翡翠吗？或者说，他有可能是四魔头的手下？老实说，我觉得后者更有可能。无论那些翡翠有多么贵重，像格兰特那样的人都不可能冒这么大的风险。无论如何，至少不会为了它们而杀人。这个就理应被探长考虑到。他完全可以偷了珠宝逃走，而不是犯下如此残忍的谋杀案。啊，是的，我们这位德文郡的朋友恐怕没有动用自己的灰色脑细胞。他比对了脚印，却忘了动脑子思考，用不可或缺的秩序和方法来整理自己的思路。"

第四章 一条羊腿的重要性

　　探长从口袋里掏出一把钥匙,打开了花岗岩屋的门锁。今天天气晴朗干燥,因此我们应该不会留下任何足迹。尽管如此,我们还是在进门前仔细地在脚垫上把鞋子蹭干净了。

　　一个女人冒出来跟探长说了几句话,随后转向了一边。紧接着,探长头也不回地说:"波洛先生,你仔细看看吧,看看我刚才说的那些证据。我大概十分钟后回来。对了,这是格兰特的靴子。我把它也带来了,方便你们比对。"

　　我们走进起居室,探长的脚步声渐渐消失在屋外。英格勒斯很快便被一张边几上的中国古玩吸引了注意力,走到那边仔细欣赏去了。他对波洛的行动似乎毫无兴趣。而我却饶有兴致地看着波洛,连大气都不敢出。地板上铺着墨绿色的亚麻油地毯,很容易显出脚印。另一边有扇门通往小厨房。厨房里又有一扇门,通往餐具存放室——后门也在里面;另一扇门则与罗伯特·格兰特的卧室相连。看完整个布局后,波洛开始滔滔不绝地自言自语。

　　"这是尸体所在的位置,那块黑色印子和周围溅射的血迹可以证明。室内拖鞋和'九号'靴子的印记……你注意观察,这些印记非常杂乱。然后是两串足迹,来往于厨房。不管凶手是谁,他一定是从那里进来的。黑斯廷斯,靴子在你手上吗?拿给我。"他拿过靴子与脚印仔细对照,"是的,两串足迹都属于同一个人,罗伯特·格兰特。他从那里进来，杀了老人，再回到厨房。他踩到了血迹。看到他离开时留下的印子了吗？厨房里没什么可看的，几乎整个村子的人都到那里面看过热闹了。他走进自己的房间——不，他先返回了犯罪现场。是为了拿走翡翠吗？还是他忘了拿走足以证明他是真凶的什么东西？"

"或许他是第二次进来时才杀死老人的？"我猜测道。

"并非如此，你没有仔细观察。其中一个离开的血脚印压上了一个进来的脚印。他到底回来干什么呢……难道是事后才想起要拿走翡翠？这太可笑了，简直愚蠢。"

"是啊，他把自己暴露得一点挽回的余地都没有了。"

"真的吗？我告诉你，黑斯廷斯，这完全不合常理。这根本是对我小小的灰色脑细胞的冒犯。我们再到他的卧室里看看……啊，你看，这就是探长在门上发现的血迹，还有一串脚印，血脚印。是罗伯特·格兰特的足迹，不可能是其他人，就在尸体边上……罗伯特·格兰特是唯一靠近过这所房子的人。没错，定然如此。"

"那位老太太呢？"我突然打断了他的话，"格兰特去取牛奶后，只剩下她一个人待在房子里，她也有可能杀死主人然后离开。如果她在此之前没出去过，就不会留下脚印。"

"非常好，黑斯廷斯，我一直在等你说出这个猜想。我已经考虑过，并将其排除了。贝特西·安德鲁斯是本地人，附近很多人都认识她。她与四魔头不可能有任何关系。另外，老沃利是个强壮的男人，这点我们都清楚。所以凶手必须是男性，不可能是女性。"

"我猜四魔头应该没有发明什么藏在天花板上的邪恶装置，可以自动垂下来割开老人的喉咙，再自己缩回去？"

"像雅各的天梯①？黑斯廷斯，我知道你有异于常人的超凡想象力，但我恳请你不要让它过于放纵。"

我难堪地闭上了嘴。波洛继续在房子里来回走动，带着一脸极不满意的神情这个房间看看，那个橱柜瞧瞧。他突然兴奋地大叫一声，让人不禁联想到博美犬的吠叫。我匆忙赶到他身边，只见他站在储藏室里，动作夸张地挥舞着一整条羊腿！

"我亲爱的波洛！"我大喊道，"怎么回事？难道你突然失心疯了吗？"

"你看，这是一条羊腿。但我请你仔细观察！"

我尽己所能地凑过去仔细看了一会儿，但还是看不出它有什么特别之处。它看起来就是一条十分普通的羊腿。于是我把自己的结论老实地说了出来。波洛刻薄地瞥了我一眼。

"难道你没看到这个、这个，还有这个……"

他每说一次"这个"，都会猛戳一下那块毫无反抗能力的肉，令上面的冰碴哗哗往下掉。

波洛刚刚才指责我想象力过剩，可我现在却感觉自己的想象力拍马也追不上他。难道他认为这些小冰渣子是某种致命的毒药吗？这是我能联想到的唯一能让他如此躁动的原因。

"这叫冷冻肉食，"我耐心地向他解释，"进口的，你知道。从新西兰。"

他盯着我看了好一会儿，紧接着爆发出一阵诡异的笑声。

"我的好朋友黑斯廷斯，你实在是太了不起了！他什么都知道，什么都知道！他们怎么说来着……无所不知、无所不晓。那说的就是我的好黑斯廷斯。"

---

① 《圣经旧约》中有这样一个故事：雅各做梦有登天的梯子，后人便把这梯子称之为雅各的天梯（Jacob's Ladder）。

他把羊腿又扔回到盘子里，转身离开了储藏室。随后他看向窗外。

"我们的探长朋友回来了，这很好。我已经看到了所有想看的东西。"他心不在焉地用指尖敲着桌子，仿佛陷入了沉思，紧接着突然问，"今天星期几，我的朋友？"

"星期一，"我莫名其妙地说，"怎么……"

"啊！今天星期一？一周里最糟糕的日子。周一犯谋杀案是个错误。"

波洛回到起居室，敲了敲墙上的玻璃，看了一眼温度计。

"稳定晴朗，七十华氏度①。正统的英伦夏日。"

英格勒斯还在看各种中国瓷器。

"先生，您对这次调查不感兴趣吗？"波洛问。

他回以一个悠然的微笑。

"那并不是我的工作。我是某些领域的鉴赏家，但对这方面没有涉猎。所以我决定让到一边，不妨碍您的工作。我在东方已经学到了什么叫耐心。"

探长匆匆走了进来，为离开这么长时间向我们道歉。他坚持带我们又走了很大一部分现场，但我们最终总算熬了过来。

"探长，您如此热情让我感激不尽。"我们正沿着村里的道路返回，波洛突然说，"但我还有一个小小的请求。"

"你想看看那具尸体，对吧，先生？"

"哦我的老天，当然不是！我对尸体一点兴趣都没有。我想见的是罗伯特·格兰特。"

"先生，如果你要见他，就得跟我开车回莫顿去。"

---

①约为二十一摄氏度。

"非常好，我跟你去。但我必须见到他，并能够与他单独交谈。"

探长摸着嘴唇说："呃，那我可不好说，先生。"

"我向您保证，只要您接通苏格兰场，就能得到全权委托。"

"先生，我当然知道你的大名，也知道你帮了我们不少忙，但这实在是太不寻常了。"

"即使您这样说，我也必须要见他。"波洛平静地说，"之所以必须是因为……格兰特不是凶手。"

"什么？那谁才是？"

"我认为凶手应该是一名较年轻的男子。他赶着一辆双轮马车来到花岗岩屋，把车停在了门外。他走进去，把人杀了，走出来，再驾着马车原路返回。他没戴帽子，衣服上沾了一点血迹。"

"可……可这样一来，整个村子的人都能看到他啊！"

"除了在某种情况下。"

"除非当时天黑，那有可能。可是谋杀案发生在大白天。"

波洛闻言只是笑了笑。

"还有马和马车，先生，你是怎么想到的？门外没有任何带轮子的车经过，没人目击到你说的马车。"

"没人用双眼看到了，这确实有可能。但一定有人用思维的眼睛看到了。"

探长意味深长地摸了摸额头，看着我露出微笑。我也感到无比困惑，但我相信波洛。后来我们决定与探长一道开车回莫顿去。波洛和我被领到格兰特那里，但会面期间一直有一名警员守在旁边。

波洛开门见山地说："格兰特，我知道你在这起谋杀案中是无辜的。现在用你自己的话告诉我，到底发生了什么？"

我们面前的阶下囚是个中等身材的男人，有一副不讨人喜欢的面相。他看起来就像个惯犯。

"对上帝发誓，那真不是我干的。"他哀号道，"有人把那些玻璃小玩意儿放到我的箱子里了。栽赃，这绝对是栽赃。我进屋后直接回房了，绝对不假。在贝特西尖叫之前我根本不知道出事了。老天有眼，我真不知道。"

波洛站了起来。

"如果你不愿意说实话，我就不管你了。"

"可是老爷——"

"你确实进入过起居室，你确实知道你的主人已经死了。而当贝特西发现惨状时，你正准备逃跑。"

男人目瞪口呆地看着波洛。

"说吧，是不是这样的？我郑重地警告你，以我的名誉担保，现在立刻从实招来是你唯一的机会。"

"我招了。"男人突然说，"你说得没错。我进了屋，直接走向主人——结果我看到了什么？主人已经倒在地上死了，到处都是血。紧接着我就意识到，他们会知道我有前科，到时候肯定会一口咬定那是我干的。我满脑子只想着逃跑，立刻离开，在别人发现之前……"

"还有翡翠呢？"

男人欲言又止。"你瞧……"

"你出于难以控制的坏习惯拿走了它们，对吧？你听主人说过那些东西很值钱，于是你决定一不做二不休，我明白。现在回答我一个问题，你是不是第二次进入起居室时拿走翡翠的？"

"我没再进去过。对我来说一次就够了。"

"你确定？"

"非常确定。"

"很好。那再告诉我,你是何时出狱的?"

"两个月前。"

"怎么得到这份工作的?"

"通过某个服刑人员帮助机构。我出狱时有个人来见了我。"

"他是个什么样的人?"

"不是教区牧师,但长得挺像的。戴黑色软帽,迈着小碎步。一颗门牙崩了。哦,还戴了副眼镜。名叫桑德斯。他说希望我已经改过自新了,因为他给我找了一份不错的工作。后来我就拿着他的推荐信去找老沃利了。"

波洛再次站起来。

"谢谢,现在我已经掌握了所有事实。你只需耐心等待。"他在门口停下来,又补充道,"桑德斯给了你一双靴子,对吧?"

格兰特似乎吃了一惊。

"他真的给了。可你是怎么知道的?"

"我的工作就是知道一些事情。"波洛一本正经地说。

跟探长打过招呼后,我们三人来到白鹿酒店,讨论起了鸡蛋、培根和德文郡的苹果酒。

"有结果了吗?"英格勒斯微笑着问。

"是的,这个案子已经很明朗了。但跟您一样,我恐怕很难给出证据。沃利是被四魔头派人杀死的,但那个人并不是格兰特。一个十分聪明的人给格兰特提供了那份工作,并借此让他成为替罪羊。有了格兰特的前科,这对他来说易如反掌。他送了一双靴子给格兰特,自己又准备了一双完全相同的。一切都很简单。当格兰特离开房子,贝特西又在跟村里人聊天时——这应该是她每天的日课,那个人穿着跟格兰特一模一样的靴子驾马车来到小屋前，走进厨房，进入起居室，打晕老人，然后割开他的喉咙。紧接着他又回到厨房，脱掉靴子，穿上另一双鞋，提着脱下的靴子回到马车上离开了。"

英格勒斯目不转睛地看着波洛。

"还是有一个疑点，为什么没人看到他？"

"啊！那正是四号的聪明之处，对此我也不得不感到佩服。每个人都看到他了，但每个人也都没看到他。因为他驾驶的是一辆屠夫的马车！"

我不由得惊叫一声。

"那条羊腿！"

"没错，黑斯廷斯，那条羊腿。每个人都发誓早晨没有人到过花岗岩屋，而我在储藏室里找到了一条羊腿，还没解冻。今天是星期一，所以羊腿一定是早晨刚送过去的。因为星期六那天天气很热，羊腿不可能经过星期天一整天还处于冷冻状态。于是我可以肯定，确实有人去过小屋，而且还是一个身上有些血迹也不会引起怀疑的人。"

"真是聪明得见了鬼了！"英格勒斯赞叹道。

"是的，四号是个聪明人。"

"跟赫尔克里·波洛一样聪明？"我喃喃道。

我的朋友向我投来谴责的目光。

"有些玩笑话可不能如此轻易地说出来，黑斯廷斯。"他用说教的语气对我说，"难道我刚刚没有从绞刑架上救回一个无辜的人吗？一天能有这么一个成就已经足够了。"

第五章 消失的科学家

就我个人而言，尽管陪审团认定了罗伯特·格兰特，亦称比格斯并没有犯下谋杀乔纳森·沃利的罪行，我却认为梅多斯探长并没有被完全说服。针对格兰特的指控——有前科、偷盗翡翠的事实、完全吻合的脚印——对他的死脑筋来说简直就是铁证如山，很难让他改变想法。但波洛最终还是想办法找到证据说服了陪审团。有两名目击证人在庭上证实自己在星期一早晨看到一辆屠夫马车停在小屋门口，当地屠夫也出庭声明自己只在星期三和星期五到那里送货。

他们在问询时找到一名女性，她记得自己看到屠夫离开了小屋，却无法描述出有关那个男人的任何有用的特征。他给她留下的唯一印象似乎就只有下巴刮得很干净，中等身材，看起来就像个十足的屠夫。听到这样的描述，波洛泰然自若地耸了耸肩。

"就像我此前跟你说的，黑斯廷斯，"审判结束后，他对我说，"他是一名艺术家。他绝对不会使用假胡须和蓝色眼镜来做蹩脚的伪装。他会改变自己的外貌特征，没错，但那只是最无关紧要的部分。在那个特定的时刻，他就是他所扮演的人。他活在自己的角色中。"

当然，我不得不承认那个从汉威尔来拜访我们的男人确实完全符合我对精神病疗养院看守人的想象。为此，当时的我绝不会怀疑他的真实性。

这一切都让人感到有点沮丧，而我们在达特穆尔的经历似乎也帮不上什么忙。我把自己的这些想法告诉了波洛，但他并不承认我们此行一无所获。

"我们在前进，"他说，"我们在前进。每次与这个人接触，我们就能多了解一点他的思维和手段。至于我们和我们的计划，他却一无所知。"

"问题就在这里，波洛，"我反驳道，"他跟我好像在同一条船上。因为我也不知道你有什么计划，你好像只是在坐等他展开行动。"

波洛微笑起来。

"我的朋友，你真是一点都没变。一直都是那个黑斯廷斯，英勇无畏地向敌人发起攻击。或许……"此时突然传来敲门声，他又补充道，"你的机会来了。不过来者也有可能是我们的朋友。"紧接着，贾普探长和另一个人便走了进来，波洛嘲笑了我的失望。

"晚上好，先生们，"探长说，"请允许我向二位介绍美国特勤处的肯特上校。"

肯特上校是个身材颀长的美国人，长着一张异常冷淡的脸，仿佛是直接用木头雕刻出来的。

"很高兴见到二位。"他低声呢喃了几句寒暄的话，抽筋似的跟我们握了手。

波洛往火炉里多扔了一块木柴，拉来几张舒适的椅子。我则把酒杯、威士忌和苏打水端了出来。上校深吸一口气，随后表现出赞赏之意。

"你们国家依旧存在着待客之仪。"他说。

"该说正事了。"贾普说,"这位波洛先生对我提出了一个要求。他对名为四魔头的组织很有兴趣,于是要求我一旦在工作中听到那个名称就马上告诉他。我对此并没有太在意,但也没忘记他的话,当上校对我说起那个颇为有趣的故事时,我立马就说:'我们得去找波洛先生。'"

波洛看向肯特上校,那个美国人接过了话头。

"波洛先生,您可还记得有这么一篇报道,有好几艘鱼雷艇和驱逐舰突然撞上美国海岸,沉没了。那件事刚好发生在日本地震之后,政府给出的事故原因是海啸。可是在不久前,警方组织了一次针对诈骗和持枪犯罪的集中搜捕,并从他们那里搜出了足以让事实彻底颠覆的资料。那些资料中提及了一个叫'四魔头'的组织,还不太完整地描述了某种强大的无线电装置——它集中了前所未有的无线电能量,甚至能够向某个特定位置发射一束非常密集的射束。这个发明的成就看上去很可笑,但我还是看在资料本身价值的份上把它交给了总部,结果被我们一位学术渊博的教授注意到了。现在看来,你们英国有一位科学家曾在英国科学协会的成员面前发表过这方面的研究报告。他的同行们似乎没有拿他当一回事,甚至还觉得那项研究过于牵强和天马行空,可是你们的那位科学家依旧坚持己见,并宣称自己很快就要试验成功了。"

"然后呢?"波洛态度专注,催促他说下去。

"上头认为我该过来拜访一下那位先生。他还挺年轻的,名字叫哈利戴。他是整个研究项目的带头人,而我必须让他告诉我那玩意儿的效果是否真的有可能实现。"

"他是怎么说的?"我急切地问。

"我也很想知道。可我还没见到哈利戴先生——并且大概再也见不到了。"

"事实是这样的,"贾普简洁明了地说,"哈利戴失踪了。"

"什么时候?"

"两个月前。"

"有人报告他的失踪吗?"

"当然有。他妻子哭哭啼啼地跑来找我们。我们把能做的都做了,但我知道那肯定没有用。"

"为什么?"

"因为从来都没有好结果,当一个男人那样失踪时。"贾普挤了挤眼睛。

"哪样?"

"巴黎。"

"你说哈利戴是在巴黎失踪的?"

"是的。他到那儿去进行科研工作,至少他是这么说的。当然了,他必须这么说。但你知道一个男人在那种地方消失意味着什么。如果说是绑架,那就没什么好说的了。要么就是主动消失。我告诉你们,这才是两者中最热门的那个。都说'欢乐巴黎',你们懂的。厌倦了家庭生活,哈利戴在出发前曾与妻子发生过口角,这就让一切都再明显不过了。"

"是吗……"波洛若有所思地说。

美国人好奇地看着他。

"先生,我想请问您,"他拖长声音说,"这个四魔头到底是什么?"

"四魔头,"波洛说,"是一个以某个中国人为首的跨国组织。人们将那个中国人称为一号。二号是个美国人,三号是个法国女人。四号,叫'毁灭者',是个英国人。"

"法国女人，嗯？"美国人吹了声口哨，"而哈利戴在法国消失了。这件事背后可能隐藏着什么。她叫什么名字？"

"我不知道。我对她一无所知。"

"但她肯定是个很难对付的人，是吧？"上校说。

波洛点点头，同时把托盘上的杯子整理成笔直的一条线。他对秩序的钟爱真是一点没变。

"他们为什么要把船弄沉？难道四魔头是德国的走狗吗？"

"四魔头为自己行动，也只为自己行动，上校先生。他们的目的是统治世界。"

美国人大笑起来，但看到波洛严肃的神情后马上就安静了。

"您笑了，先生。"波洛对他摇了摇手指，"您没有思考，没有使用您那小小的灰色脑细胞。这些仅仅是为了实验就毁灭了你们一支海军力量的人到底是谁？没错，先生，那就是他们的目的，用他们手中掌握的一种新磁能做实验。"

"您继续说，先生，"贾普愉快地说，"我听说过很多天才犯罪家，但从来没碰到过。唔，反正您已经听完肯特上校的故事了。我还能为您做些什么呢？"

"是的，我的好朋友。你可以把哈利戴夫人的住址给我，如果不麻烦的话，请你再事先跟她打声招呼。"

于是，我们第二天便出发前往切特温德小屋，位置正好在萨里的乔伯姆村附近。

哈利戴太太很快便出来迎接我们。她是个身材高挑、皮肤白皙的女人，看上去有点紧张而急切。她身边还跟着一个五岁的小孩，是个漂亮的小姑娘。

波洛向她解释了我们此行的目的。

"哦！波洛先生，我真是太高兴，太感激了。我当然听说过您。您绝不会像苏格兰场的那些人一样，对我的话充耳不闻，不愿去理解。法国警察也一样，甚至更糟。他们都认定我丈夫是跟别的女人私奔了，可他不是那种人！他平时一心只想着工作。我们有一半的争吵都是因为这个，他关心自己的事业更胜于关心我。"

"英国人，他们都那样。"波洛安抚道，"若不是工作，那就是比赛，体育。他们对那些东西都认真得可怕。好了，夫人，请您尽量详尽而有条理地对我讲述一下您丈夫失踪时的情形。"

"我丈夫星期四去了巴黎，那天是七月二十日。他计划在那里与各种跟工作有关的人会面，其中有一位奥利维叶夫人。"

波洛听到那位著名法国女化学家的名字，会意地点点头，她的辉煌成就甚至能让居里夫人也显得黯然失色。她已经被法国政府授予了荣誉勋章，是当代最为杰出的人物之一。

"他在晚上到达后，立刻前往郎世宁酒店。他预计第二天早晨与布格诺教授见面，并且准时赴约了。他的情绪很正常，也很愉悦。两个人进行了一场十分有意义的交谈，还约好第二天到教授的实验室里参观某项实验。随后，他一个人在皇家咖啡厅吃了午餐，再到林间道散了一会儿步，接下来便前往奥利维叶夫人位于帕西的住处拜访。在那里，他的行为举止依旧十分正常。他大约六点离开的，不知道在哪里吃的晚餐，可能一个人去了什么餐厅。他大约十一点回到酒店，直接回到自己的房间，途中只问了前台有没有寄给他的信件。第二天早晨，他离开酒店，之后就再也没有出现过。"

"他是几点离开的？是与布格诺教授约定参观实验的时间吗？"

"不知道。没有人注意到他是何时离开酒店的。但那天早上酒店并没有为他送去早餐，因此可以推断，他离开的时间应该很早。"

"又或者，他头天晚上回到酒店后马上又出去了？"

"我可不这么想。他的床有睡过的痕迹，而且晚班的门童肯定会注意到有人在那么晚的时间走出去。"

"您的推断十分合理，夫人。那么，我们姑且可以认为，他第二天一大早就离开了。这样至少能得出一个结论，他在那个时间不太可能遭遇绑架。现在说说他的行李吧，他把行李都留在酒店里了吗？"

哈利戴夫人看上去不太想回答，但最后还是说："不……他应该带走了一个小行李箱。"

"唔，"波洛若有所思地说，"他那天晚上到底去了哪里呢？如果能查出这个，我们就能获得很多信息。他跟谁见面了？这是个谜团。夫人，我个人并不打算接受警方的论断，因为他们从来都只会说红颜祸水。但很明显，那天晚上发生的事情使您丈夫改变了原定计划。您刚才说他回到酒店时曾向前台询问是否有自己的信件，那么他是否收到了信件呢？"

"只收到一封，并且肯定是他离开英国那天我写给他的。"

波洛沉思良久，突然轻快地站了起来。

"很好，夫人，这个案子的谜底在巴黎，因此我会马上动身到巴黎去寻找那个答案。"

"可是先生，这件事已经过去很久了。"

"是的，是的，但不管怎么说，我们都必须到那里去寻找真相。"

他转身正欲离开，却又扶着门站住了。

"夫人，请告诉我，您可记得您丈夫是否提到过'四魔头'

这个词?"

"四魔头?"她若有所思地重复了一遍,"不,应该没有。"

第六章 台阶上的女人

这就是我们能从哈利戴夫人口中打听到的全部信息。我们火速赶回伦敦，第二天便动身前往大陆。波洛露出懊恼的微笑说："这个四魔头让我不得不强迫自己活跃起来，我的朋友。我上蹿下跳，四处奔走，就像我们的老朋友——'猎犬'。"

"你在巴黎可能会见到他。"我知道他说的是吉拉德，法国警方中最值得信赖的一员，此前他曾与波洛见过面。

波洛扮了个鬼脸。"我真心希望那种事不会发生。那个人可不喜欢我。"

"这次的任务不会很困难吗？"我问，"查清一个普通英国人两个月前的某个晚上做了什么？"

"非常困难，我的朋友。但你很清楚，困难会让波洛喜出望外。"

"你认为四魔头把他绑架了？"

波洛点点头。

不出所料，我们的调查并没有什么结果，除了哈利戴太太已经提供的信息之外，再没有新的线索。波洛与布格诺教授谈了很久，在整个谈话过程中，他一直试图打探出哈利戴是否向教授透露了当晚的行程计划，但最终还是无功而返。

我们的下一位访问对象就是那位著名的奥利维叶夫人。当我们踏上她帕西别墅门前的台阶时，我非常兴奋。我一直认为一位女士能够在科技世界里获得如此成就是件非同寻常的事，我还以为这种工作需要的是纯粹的男性思维。

一个十七八岁的小伙子给我们开了门，看着他，让我不禁联想到侍僧，因为他的行为举止自始至终都谦恭有礼。波洛主动承担了事先通知此次拜访的工作，因为他知道奥利维叶夫人从来不见没有预约的人，只因她每天的大部分时间都投入到了科研工作中。

我们被领到一个小小的客厅里，不一会儿，房子的女主人就出现了。

奥利维叶夫人是个高挑的女人，一袭白色连体工作服更凸显了她的身高，头上还戴着一方修女似的头巾。她有一张细长苍白的脸，迷人的深色眼睛绽放着近乎狂热的光芒。她看上去一点都不像现代法国女人，反倒更像古代女祭司。她脸上有一道伤疤，我想起她的丈夫和同事都在三年前的一场实验室爆炸中丧生了，她本人也被严重烧伤。从那以后，她就彻底疏远了外部世界，带着无限的热情投入到科学研究中。她冷淡却不失礼节地欢迎了我们。

"先生们，我已经被警方询问过很多次了。我认为自己不能给你们提供任何有用的帮助，因为我也没能帮上警察什么忙。"

"夫人，我可能不会问您同样的问题。首先请告诉我，您与哈利戴先生聊了些什么？"

她表现出些许惊讶。

"当然是他的工作！他的工作，和我的工作。"

"他有没有向您提起最近他在英国科学协会发表的那些理论呢？"

"当然提到了,那是我们最主要的话题。"

"他的想法有点异想天开,对吗?"波洛漫不经心地问。

"某些人可能会那样想,但我并不赞同。"

"您认为那是可行的?"

"完全可行。我自己的研究在某种程度上与他有些类似,尽管展开的方向并不一样。我正在研究通称'镭C'的物质放射出的伽马射线,在研究过程中,我发现了一种很有意思的磁现象。确实,我对人们所说的磁学有了一些自己的理论,但现在还不是将我的发现公开的时候。哈利戴先生的实验和观点对我很有吸引力。"

波洛点点头,随后他问了个连我都感到惊讶的问题。

"夫人,您与哈利戴先生是在哪里讨论这个话题的?这里吗?"

"不,先生。是在实验室。"

"我能去看看吗?"

"当然可以。"

她把我们领向她走进来的门。那扇门连着一条小小的走廊。我们又穿过两扇门,来到一间宽敞的实验室。里面排列着大小烧杯、坩埚,以及各种我连名字都叫不出来的器材。实验室里有两个人,各自忙着做实验。奥利维叶夫人向我们做了介绍。

"克洛德小姐,我的助手之一。"一个高个子,表情严肃的年轻女子对我们行了个礼。"亨利先生,一个值得信赖的老朋友。"一个矮小黝黑的小伙子朝我们欠了欠身。

波洛四处望了望。除了我们进来的那扇门之外,实验室里还有另外两扇门。夫人告诉我们,其中一扇门通向花园,另一扇门则连接着一间较小的研究室。波洛仔细听完了说明,随后宣布他已经准备好回客厅了。

"夫人,您与哈利戴先生谈话时旁边有人吗?"

"没有,先生。当时我的两名助手都在旁边的小房间里。"

"你们的交谈是否有可能被他们或者别人听到?"

夫人想了想,随后摇摇头。

"我不认为会被谁听到。几乎可以肯定那是不可能的。当时所有的门都关着。"

"会不会有人藏身在实验室内呢?"

"那个角落里倒是有个挺大的壁橱……但这实在是太荒唐了。"

"绝不荒唐,夫人,很抱歉打扰您了。请您不要在意,我们自己离开就好。"

我们回到门厅,正好有一位女士从前门走了进来。她飞快地跑上台阶,只给我们留下了一个沉浸在悲痛中的法国寡妇的印象。

"那真是个不同寻常的女性。"我们离开时,波洛说。

"奥利维叶夫人?是啊,她——"

"并不是她,我不是说奥利维叶夫人。这还用说吗!世上罕有像她那样才华横溢的天才。不,我说的是另外一位女士——台阶上的女士。"

"我没看到她的脸。"我盯着波洛说,"并且我真想不出你是怎么看到她的。她根本没往我们这边看。"

"所以我才说她非同寻常。"波洛平静地说,"一个女人走进自己家——我猜这是她自己家,因为她是用钥匙开门进来的——径直往楼上跑,却看都不看一眼站在门厅里的两个陌生人。她确实极为不同寻常,事实上还非常不自然。我的天哪!那是什么？"

他把我拖了回来，时机恰好。只见一棵大树轰然倒在了人行道上，堪堪与我们擦身而过。波洛盯着倒下的树，面色苍白而惊恐。

"还好我反应及时！但同时也过于笨拙，因为我竟对此毫无防备，至少几乎没有防备。是的，幸亏我有一双敏锐的眼睛，如猫一般敏锐的双眼，否则赫尔克里·波洛现在已经不在人世了，那对世界来说无疑是个灾难。还有你，我的朋友，尽管你的离去并不会对世界造成什么影响。"

"谢谢你。"我冷冷地说，"那我们现在该做些什么？"

"做？"波洛大喊一声，"我们应该思考。没错，此时此地，我们要活动起小小的灰色脑细胞。这个哈利戴先生，当时他真的身在巴黎吗？是的，因为布格诺教授认识他，并且与他见面交谈过。"

"你到底想说什么？"我喊道。

"那是星期五的早上。他最后出现的时间是星期五晚上十一点。可是，他真的出现了吗？"

"那个门童——"

"一个夜班门童，之前从未见过哈利戴。一个男人走进酒店，看起来很像哈利戴。我们应该相信四号有这个能力。他向前台询问是否有自己的信件，上了楼，打包好一只小行李箱，第二天一早就溜了出去。整个晚上都没有人见过哈利戴，因为他已经落入了敌人的手里。奥利维叶夫人接待的客人真是哈利戴吗？是的，虽然她并不知道哈利戴的相貌，但肯定没有哪个骗子能在夫人的专业领域上瞒天过海。他走进别墅，跟奥利维叶夫人谈了话，然后离开了。后来发生了什么？"

波洛猛地攥住我的胳膊,连拖带拽地把我往别墅拉。

"现在,我的朋友,想象这是失踪案发生后的第二天,我们正在追踪脚印。你最爱脚印了,不是吗?瞧,它们在这儿呢,一个男人的足迹,哈利戴先生的足迹……他转向了右边,他走得很轻快……啊!另外一串脚印跟了上来,走得很快,脚印很小,是个瘦弱年轻的女性,戴着寡妇的面纱。'抱歉,先生,奥利维叶夫人让我请您回去一趟。'他停下来,转过身。接下来那个年轻女性会把他带去哪里呢?她正好在分开两个花园的小径上追到他,这难道只是偶然吗?她领着他穿过小径。'从这里走更近,先生。'他们右边是奥利维叶夫人的别墅花园,左边是另外一座别墅花园。需要注意的是,刚才险些砸到我们的大树就是那座花园里的。两座花园的门都与小径相连,埋伏就设在那里。一群人冲了出来,制伏了他,把他拖进那座可疑的别墅。"

"我的老天,波洛,"我大喊道,"你在假装自己看到了那些光景吗?"

"我用思维的眼睛看到了这些,我的朋友。因此,只因为如此,这才是可能发生过的事情。来,我们回别墅去。"

"你想回去找奥利维叶夫人?"

波洛露出一个古怪的微笑。

"不,黑斯廷斯,我想看看那位台阶上的女士长什么样子。"

"你认为她是谁,奥利维叶夫人的亲戚?"

"更有可能是秘书,不久前才来为她工作的秘书。"

方才那个彬彬有礼的侍僧又为我们开了门。

"你能告诉我那位女士的名字吗?"波洛说,"我指的是刚才进来的那位丧夫的女士。"

"佛罗诺夫人?夫人的秘书?"

"就是那位女士。能请您去问一下,她是否愿意与我们交谈几句吗?"

小伙子走了进去,很快又出来了。

"很抱歉,佛罗诺夫人一定是又出门了。"

"我可不这么想。"波洛安静地说,"麻烦您把我的名字报给她,赫尔克里·波洛先生,并告诉她这很重要,我马上要见她,因为我接下来马上就要去警察局。"

我们的传信人又离开了,这回那位女士走了下来。她进入客厅,我们也跟了进去。她转身掀起面纱。令我惊讶的是,我竟见到了我们的老对手,罗萨科娃女伯爵,那位来自俄国的女伯爵,曾在伦敦实施过一起十分巧妙的珠宝盗窃行动。

"我在门厅里看到你的那一刻,就做好了最糟糕的打算。"她忧郁地说。

"我亲爱的罗萨科娃女伯爵……"

她摇了摇头。

"现在我叫伊妮·佛罗诺。"她低声道,"西班牙人,曾经嫁给一个法国人。你找我做什么,波洛先生?您真是个坏心肠。不仅把我逼出伦敦,现在我猜,您又要向那位无与伦比的奥利维叶夫人说穿我的身份,再把我赶出巴黎吧?我们这些可怜的俄国人,您知道吗,我们也要讨生活。"

"事情远比这要严重得多,夫人。"波洛看着她说,"我打算进入旁边的别墅,把哈利戴先生放出来,前提是他还活着。您瞧,我什么都知道了。"

我发现她脸上突然失去了血色。只见她咬着嘴唇想了想,随后用一如往常的决意态度开口道:"他还活着,但他不在别墅里。来,先生,我跟您做个交易。我得到自由,您领走哈利戴先生,毫发无损。"

"我接受。"波洛说,"我也正打算提出相同的条件。话说回来,夫人,您的雇主是四魔头吗?"

她的脸色再次变得一片死灰,但女伯爵最后并没有回答波洛的问题。

她转而说:"您能允许我打个电话吗?"说完便走到电话机旁拨了一个号码。"别墅的号码,"她解释道,"我们的朋友被关押的地方。您可以把它交给警方。那个巢穴在他们到达前就会被清理干净。啊!接通了。是你吗,安德烈?是我,伊妮。那个小个子比利时人什么都知道了。把哈利戴送到酒店去,然后清空别墅。"

她放下听筒,微笑着向我们走来。

"您得跟我们到酒店去,夫人。"

"那是自然,我就知道你会提出这个要求。"

我拦下一辆出租车,三个人坐了上去。我能从波洛的表情看出他很困惑。整件事实在过于简单了。我们到达酒店,门童走了上来。

"刚才来了一位先生,正在您的房间里,他看上去非常糟糕。还有个护士跟他一起来的,不过现在已经离开了。"

"没什么,"波洛说,"他是我的一个朋友。"

我们一起上了楼。房间的窗边坐着一个面容憔悴的年轻人,看起来已经疲劳到了极点。波洛朝他走了过去。

"您是约翰·哈利戴吗?"

男人点点头。

"让我看看您的左手臂。约翰·哈利戴的手肘下方有一颗痣。"

男人伸出手。那里果真有颗痣。波洛对女伯爵欠了欠身。她转身离开了。

一杯白兰地下肚,哈利戴稍微恢复了常态。

"我的上帝!"他低声说,"我受尽了折磨!地狱般的折磨……那帮人简直是恶魔的化身。我妻子呢,她在哪里?她会怎么想?他们说她会相信……会相信……"

"她并没有相信,"波洛坚定地说,"她从未对您失去信心。她正在等您,她和你们的孩子。"

"感谢上帝。我真不敢相信自己竟重获自由了。"

"既然您已经恢复了一些,先生,我想听您从头到尾讲讲自己的经历。"

哈利戴用复杂的表情看着他。

"我……一点都不记得了。"他说。

"什么?"

"您听说过四魔头吗?"

"听说过一些。"波洛冷冷地说。

"您肯定不知道我所掌握的这些信息。他们有无限的力量。如果我缄口不言,就能自保,但哪怕只说漏了一个字,那不仅是我,连我最亲近、最重要的人都要惨遭难以言喻的折磨。跟我争论没有用。我知道……我什么都不记得了。"

说完,他就起身离开了。

波洛露出一脸挫败的表情。

"这么说来又是老样子,不是吗?"他低声道,"四魔头再次胜出。黑斯廷斯,你手里拿着什么?"

我把东西递给他。

"这是女伯爵走之前写的。"我解释道。

他念了出来。

"再见。——I.V.①"

"签了她的姓名缩写,I.V.。也许只是偶然,但这也可以理解为罗马数字四。其意何在?黑斯廷斯,其意何在?"

---

① I.V. 即 Inez Veronean（伊妮·佛罗诺）的缩写。

第七章 偷镭的窃贼

恢复自由的当天晚上，哈利戴睡在了我们酒店房间的隔壁，我听到他翻来覆去，似乎做了一晚上噩梦。在别墅里的遭遇无疑导致他精神崩溃，第二天早上我们依旧没能从他口中得到一丝一毫信息。他只会不断向我们强调四魔头掌握的可怕力量，并认定自己一旦松口必然会遭到疯狂的报复。

用过午餐后，他就踏上了回英国与妻子团聚的旅途，但波洛和我都留在了巴黎。我兴致勃勃地期待着事情发生重大进展，可波洛那不动如山的态度让我烦躁不已。

"看在上帝的分上，波洛，"我催促道，"我们快去追查他们吧。"

"令人钦佩，我的朋友，令人钦佩！去追谁，查谁？我恳请你说得确切一些。"

"当然是追查四魔头啊。"

"毋庸置疑。可是你打算怎么查呢？"

"找警方。"我略显心虚地说。

"他们只会指责我们过分夸大事实。我们没有任何可靠的证据——目前是一点都没有。我们必须等待。"

"等待什么？"

"等待他们行动。你想想看，你们英国人都对拳击这种运动钟爱有加。如果一方不行动，另一方就要动起来，让对手主动出击可以使自己从中得到一些信息。那就是我们现在所要充当的角色，让对手先发起进攻。"

"你觉得他们会吗？"我不太信服地说。

"对此我毫不怀疑。首先你看，他们试图把我从英国支走，但那个计划失败了。接着在达特穆尔一案中，我们的介入使他们的替罪羊逃脱了无辜受刑的命运。昨天，我们再一次打破了他们的计划。很明显，他们必然不会让事情就此结束。"

正在我忙着思索时，突然传来敲门声。不等我们回应，一个男人就走进来，并关上了门。他是个高大瘦削的人，有个微勾的鼻子和暗沉的脸色。他穿着一件大衣，扣起了所有扣子，一顶软帽拉得低低的，遮住了他的眼睛。

"先生们，请原谅我的贸然闯入。"他用轻柔的声音说，"但我来找二位的事情十分不同寻常。"

说完，他微笑着走到桌边落座。我正要跳起来，却被波洛用一个手势制止了。

"正如您所说，先生，您的来访确实很突然。能请您告诉我所为何事吗？"

"我亲爱的波洛先生，其实非常简单。您惹恼了我的朋友们。"

"何以见得？"

"哦，波洛先生，您真的有必要问我吗？我知道的您也都知道。"

"先生，那要取决于您的朋友都是些什么人。"

男人一言不发地从口袋里掏出一个烟盒，把它打开，取出四根香烟扔到桌上。随后，他又重新拾起香烟，装回烟盒里，再把烟盒放回口袋。

"啊哈！"波洛说，"就这样吗？那么您的朋友是怎么说的？"

"先生，他们建议您把您的那些才华——无与伦比的才华，倾注到普通的案件中。重拾您原本的爱好，为伦敦社交界的女士们排忧解难。"

"一个和平的方案。"波洛说，"可是，若我不答应呢？"

男人做了个意味深长的手势。

"当然，那会让我们感到非常遗憾，"他说，"同时也会让伟大的赫尔克里·波洛的朋友和崇拜者们感到非常遗憾。毕竟无论多么强烈的悔恨都无法换回一个人的性命。"

"非常巧妙的说法。"波洛点头道，"那假设我……接受呢？"

"若是那样，我就被授权向您提供……一定的补偿。"

他掏出一本小笔记本，抽出十张支票扔到桌上，每张上都写着十万法郎的额度。

"这只是为了表示我们的诚意，"他说，"事后您还会得到十倍的金额。"

"我的老天，"我惊跳起来，"你竟敢认为——"

"坐下，黑斯廷斯，"波洛不由分说地打断了我的话，"请你克制住那诚实而美好的天性，先坐下来。对您，先生，我要这样说，有什么能阻止我通知警察前来逮捕您，同时让我的这位朋友限制您的行动呢？"

"如果您认为那样做更好，大可不必客气。"我们的访客淡定地说。

"哦！你瞧瞧他，波洛！"我喊道，"我无法忍受了，赶快去叫警察来吧。"

我迅速站起身，堵在了房门前。

"看来这是最显而易见的了。"波洛低声说着,仿佛在跟自己讨论。

"但您从不相信显而易见,对吧?"我们的访客微笑着说。

"快呀,波洛。"我催促道。

"你可要对此负责任,我的朋友。"

波洛刚拿起听筒,男人突然像一只敏捷的猫一般朝我扑了过来,我已经做好了准备,下一个瞬间,我们就在房间里缠斗起来。他突然身形一晃,往下滑倒,我趁机压了上去。他滑到我身下,就在我以为即将得胜的那一刻,一件不可思议的事情发生了。我感到自己向前飞了出去,紧接着一头撞在了墙上,滚倒在地。我挣扎着爬起来,却发现房门已经在我面前缓缓关闭。我冲过去,拼命摇晃门把手,发现他从外面把门锁了起来。我一把抢过波洛手上的听筒。

"接线员吗?拦住那个正往外走的男人。高个子,大衣扣子全扣上了,头上戴一顶软帽。他被警察通缉了。"

没过一会儿,我们就听到走廊里传来一声响动。有人打开了门锁,门被推开。只见酒店经理出现在门外。

"那个人……你抓住他了吗?"我大喊道。

"没有,先生。我们没看到任何人下来。"

"你肯定与他擦肩而过了。"

"我们没遇到任何人,先生。他能逃脱实在是让人难以置信。"

"我认为你应该跟什么人擦肩而过了,"波洛平静地说,"或许是一名酒店员工?"

"我只遇到一个端盘子的侍应生,先生。"

"啊!"波洛恍然大悟。

"难怪他要把大衣扣子一直扣到下巴。"当我们好不容易把情绪激动的酒店人员打发走后,波洛若有所思地说。

"真是太抱歉了,波洛,"我沮丧地说,"我还以为已经制伏他了。"

"是啊,那应该是一种日本格斗术。别太自责,我的朋友,一切都在计划之中——他的计划。这正是我想要的。"

"这是什么?"我喊了一声,朝地板上掉落的褐色物体猛冲过去。

那是一本褐色皮面的小笔记本,明显是方才那位在与我缠斗时不慎掉落的。里面夹了两张签字为费利克斯·拉昂的收据,还有一张对折起来的纸片。看到它,我的心跳猛地加快了。那是半张便笺纸,上面用铅笔写了几个字,但那几个字无比重要。

下次理事会将于星期五早上十一点在埃谢勒大街三十四号召开。

纸上还签了一个大大的"4"。

今天就是星期五,壁炉上的时钟显示现在是十点三十分。

"我的上帝,这可是个绝佳的机会!"我叫道,"命运开始青睐我们了。但我们必须马上出发。这简直是太幸运了。"

"那就是他来这里的目的吗?"波洛喃喃道,"我总算想明白了。"

"想明白什么?快走啊,波洛,别在这里站着做白日梦了。"

波洛看着我,然后微笑着摇了摇头。

"'你愿意到我这儿来看看吗?蜘蛛对苍蝇说。'这不是你们英国人的童谣吗?不,不,他们确实很狡猾,但远不如赫尔克里·波洛狡猾。"

"波洛,你到底在说什么呢?"

"我的好朋友,我一直在思考今早那位访客的来意。难道我们的客人真的想收买我吗?又或者说,想把我吓退,逼迫我放弃调查?这实在难以置信。那么,他究竟是为何而来?现在我看清了整个计划。非常巧妙,非常聪明。表面上试图收买或威吓我,毫不犹豫地展开了必不可少的争斗,这样就会使掉落笔记本显得更为自然而合乎常理。最后,他们的圈套!早上十一点,埃谢勒大街?我可不这么想,我的朋友!没有人能如此轻易地骗到赫尔克里·波洛。"

"我的老天。"我惊叹道。

波洛兀自皱起了眉。

"可是还有一件事我不明白。"

"什么事?"

"时间,黑斯廷斯……时间。如果他们想骗我上钩,难道不应该安排在晚上吗?为什么要这么早?莫非今天上午要发生什么事?莫非他们害怕让赫尔克里·波洛知道那件事?"

他摇摇头。

"我们拭目以待吧。我要坐在这里,我的朋友。我们今天不出门,而是在这里静观其变。"

然而,就在十一点半整,我们收到了邀约。一个小巧的蓝色信封。波洛将其撕开,然后交到我手上。它来自奥利维叶夫人,我们昨天才为哈利戴一案拜访过的世界著名科学家。信上要我们立刻到帕西去一趟。

我们一刻都没有耽搁。奥利维叶夫人又在那个小客厅里接待了我们。我再次被这个女人的魅力打动了。那张细长而冷漠的脸，充满热情的眼睛，这位在放射能上获得了巨大成就的天才科学家。

她单刀直入地说："先生们，昨天你们来向我询问有关哈利戴先生失踪的事情。我得知你们后来又回到这里，要求见我的秘书，伊妮·佛罗诺。她跟你们一起离开后，就再也没回来。"

"就这些吗，夫人？"

"不，先生，不止这些。昨晚还有人闯进了实验室，几份珍贵的资料和手记被偷走了。那些小偷还想染指一些更为珍贵的东西，所幸他们没能成功打开大保险柜。"

"夫人，让我告诉您事情的真相吧。您那位秘书，佛罗诺夫人，其实是罗萨科娃女伯爵，她是一名江洋大盗，同时也是哈利戴先生失踪案的罪魁祸首。她为您工作多久了？"

"五个月，先生。您说的话让我吃了一惊。"

"但那确实就是真相。您说的那些资料，它们很容易被找到吗？还是只有内部人员才知道存放位置？"

"那些小偷竟知道该找什么地方，这确实让我感到不可思议。您认为伊妮她——"

"是的，我很确信他们就是靠她提供的信息展开行动的。不过您说小偷没偷到更珍贵的东西，那究竟是什么呢？珠宝？"

奥利维叶夫人浅笑着摇摇头。

"先生，我说的东西比珠宝珍贵百倍。"她四下张望了一番，随后探出身子，压低了声音，"是镭，先生。"

"镭？"

"是的，先生。我目前正处在实验的关键阶段。我自己手头有一小份镭，还有更多剂量会借给我，用于进行这一阶段的实验。尽管分量看上去很少，但那实际上是全世界科研用镭储量的很大一部分，价值数百万法郎。"

"它在哪里？"

"在大保险柜的铅箱里。那个保险柜被刻意做成老旧的外表，但实际上是保险柜业者的心血之作。也许正是因为这样，它才没被小偷打开。"

"这些镭会在您手上保存多长时间？"

"只剩下两天了，先生。两天后我的实验就将结束。"

波洛眼睛一亮。

"伊妮·佛罗诺也知道这件事吗？很好，我们的窃贼朋友一定会回来的。夫人，请不要告诉任何人我在这里。但请您放心，我会替您看好那些镭。您有实验室通往花园那扇门的钥匙吗？"

"有的，先生，就是这把。我自己有一把备份钥匙。这是从花园通往两座别墅中间的那条小径的门钥匙。"

"谢谢您，夫人。请您今晚跟往常一样回房休息，不用担心，把一切都交给我。但切记不可告诉任何人，尤其是您的两位助手，克洛德小姐和亨利先生，对吧？不要对他们透露只字片语。"

波洛心满意足地搓着手离开了别墅。

"我们现在要做什么？"我问。

"现在，黑斯廷斯，我们准备离开巴黎，回英国。"

"什么？"

"我们要收拾行李，吃午餐，坐车去巴黎北站。"

"可是镭呢？"

"我说了我们要回英国，可没说真的要到达那里。你仔细想想，黑斯廷斯，现在几乎可以肯定我们被跟踪监视了。必须让敌人相信我们确实回了英国，而只要我们不坐上火车出发，他们是不会相信的。"

"你的意思是，我们又要在最后一刻从火车上溜下来？"

"不，黑斯廷斯。我们的敌人只会满足于真正的离开。"

"可是火车要一直开到加莱①才停站吧？"

"只要给足了钱，火车是会停的。"

"哦，别闹了，波洛。你肯定没办法收买一列火车，他们会拒绝的。"

"我亲爱的朋友，难道你从没注意过那个小小的把手吗？如果我没记错，非紧急情况下乱动紧急停车信号，罚款一百法郎？"

"哦！你要拉那个吗？"

"应该说是我的一个朋友，皮埃尔·孔博，会去拉那个。然后，趁着他跟乘务员扯皮，吸引了整列火车的人去看热闹时，你我就会安静地溜走。"

我们一丝不苟地践行了波洛的计划。皮埃尔·孔博是波洛的老朋友，他明显对我这位好友的意图了如指掌，并且跟乘务员非常热闹地吵了一架。列车刚到巴黎郊外时，争执就开始了。孔博跟乘务员颇具法国风范地扯皮了一番，让我和波洛悄无声息地离开了列车。下车后，我们的首要行动是进行一次彻底的换装。波洛把我们要用的东西都装在一只小皮箱里带下了车。我们换上了平底便鞋和脏兮兮的蓝外套，在不起眼的小酒吧里吃了晚饭，然后便踏上了返回巴黎的旅途。

将近深夜十一点钟，我们再次来到奥利维叶夫人的别墅附近。我们先四下张望了一番，然后才悄悄摸到小径。周围看起来格外平静。有一件事可以肯定，那就是没有人在跟踪我们。

---

①加莱（Calais），法国的一个港口城市，位于法国最北部。

"我认为他们暂时还不会出现,"波洛小声对我说,"他们很可能明天晚上才会来,但他们十分清楚,那些镭只会在这里再待两天了。"

我们小心翼翼地打开花园的门锁,大门无声开启,我们走了进去。

紧接着,出乎意料的事发生了。我们转眼间就被团团围住,捆了个结实并被堵住了嘴。至少有十个人埋伏着,反抗没有一点用处。我们像两个包袱一样被抬起来搬走了。而最让我震惊的是,他们并没有把我们抬出去,而是走向房子的方向。他们用钥匙打开通往实验室的门,把我们弄了进去。其中一个人在一个大保险柜前弯下身。柜门应声而开。我感到背后窜过一阵不祥的预感。莫非他们要把我们塞进柜子里慢慢憋死吗?

但我很快便发现,保险柜内部竟有一条通往地下的楼梯。我们被塞进狭窄的通道,最终来到一个宽敞的地下室。一个女人站在里面,脸上戴着黑色天鹅绒面具,高挑而庄重。从她身上散发出的气场可以看出,她是这里权力最大的人。那几个男人把我们扔到地上,留给了戴黑面具的神秘女人。我很肯定她的身份,她就是那个神秘的法国女人——四魔头的第三号。

她俯身拿掉了堵住我们嘴巴的东西,但并没有给我们松绑。紧接着她又站起来,面对我们,动作流畅地摘下了面具。

她是奥利维叶夫人!

"波洛先生,"她用低沉嘲讽的语气说,"伟大的、无与伦比的、独一无二的波洛先生。我昨天早上已经派人警告过你了,但你并不理会。你认为你能够用自己的智慧与我们匹敌。而现在,瞧瞧你的样子!"

她那冰冷恶毒的语气使我不寒而栗。这个声音与那双充满热情的眼睛简直不像是同一个人会有的。她疯了，真的疯了，陷入疯狂的天才！

波洛什么都没说，他目瞪口呆地凝视着她。

"好了，"她轻声说道，"事情到此结束了。我们不能容忍计划被打乱。你有什么遗愿吗？"

我从未感到自己如此接近死亡。波洛实在太令人钦佩了，他毫不动摇，面不改色，只是越来越饶有兴致地盯着她。

"您的心理状态让我感到极为好奇，夫人，"他安静地说，"只可惜我已经没多少时间去研究了。是的，我有一个请求。我相信每个临刑之人都有权力享受最后一根香烟。我身上带着烟盒，如果您允许我……"他看了一眼捆住自己双手的绳索。

"哦，是吗！"她大笑几声，"你想请我给你的手松绑，对吧？你很聪明，赫尔克里·波洛先生，这点我很清楚。我不会给你松绑的，但可以帮你弄根香烟。"

她在他身边蹲下，取出他的烟盒，拿出一根烟，让他含在嘴里。

"现在，我们需要一根火柴。"她说着站了起来。

"不需要，夫人。"波洛的语气把我吓了一跳，同时也吸引了她的注意。

"夫人，我恳请您不要乱动，否则您会后悔的。不知您是否熟悉箭毒这种物质的特性？南美印第安人用它来制作毒箭，只需一个小擦伤就意味着死亡。有的部落会使用一种小小的吹管——我碰巧也有这么一根吹管，还做成了香烟的模样。我只需用力一吹……啊！您要干什么？夫人，请不要乱动。这根香烟的结构非常巧妙，吹一口气，细如鱼骨的小毒箭就会飞出来，击中目标。夫人，您一定不想死。因此我请求您放开我的朋友黑斯廷斯。我无法使用双手，但可以转头，因此您依旧会在毒箭的射程之内，夫人，我请求您不要一时冲动，做出傻事。"

她带着满脸的憎恶和愤怒缓缓弯下身子，用颤抖的双手完成了波洛的要求。我被松了绑，波洛马上对我发出指示。

"现在换你把这位女士捆起来，黑斯廷斯。没错。绑紧了吗？那么请你给我松绑。所幸她那些手下都被打发走了。如果足够幸运，我们或许能顺利离开这里。"

不一会儿，波洛就站到了我身旁。他冲那位女士欠了欠身。

"夫人，赫尔克里·波洛是不会轻易被杀死的。祝您晚安。"

她被堵住了嘴，无法回答，可是她眼中的杀意却让我感到背后一凉。我不禁由衷地希望今后不会再落到她手里。

三分钟后，我们离开了别墅，匆匆穿过花园。外面的路上空无一人，很快我们就远离了那一带。

然后波洛爆发了。

"那个女人说得一点没错，我是个头号大白痴，可悲的动物，三十六倍的蠢货。我还为没有落入他们的圈套而沾沾自喜，结果却自作主张地跳进了未经设计的圈套。他们知道我会看穿——他们就指望着我会看穿。这就解释了一切，他们为何会轻易交出哈利戴，还有一切的一切。奥利维叶夫人是他们的头目，维拉·罗萨科娃只是她的副手。夫人需要哈利戴的想法，而她本人也有足够的天赋去骗他松口。是的，黑斯廷斯，现在我们知道三号的身份了，那位有可能是世界上最伟大的女科学家！你想想看，东方的头脑，西方的科学，还有两个尚不明身份的人。但我们必须查出来，明天我们就回伦敦展开调查。"

"你不准备向警方揭发奥利维叶夫人吗？"

"他们不会相信我的，那个女人是法国的骄傲，而我们却没有任何证据。要是她没有反过来告发我们,那就算我们走运了。"

"什么?"

"你仔细想想,我们深夜出现在她家,身上还带着钥匙,而她一定不会承认那是她亲手交给我们的。她在保险柜那里碰到了我们,然后我们把她的嘴堵起来,并五花大绑,最后逃脱了。别妄想了,黑斯廷斯。现在上风不在我们这边——你是这样说的吧?"

第八章 潜入敌营

我们结束了在帕西那座别墅的冒险后便匆匆回到了伦敦。那里有几封信等着波洛。他带着奇怪的微笑看完其中一封,随后递给了我。

"看看这个,我的朋友。"

我首先看了签名——亚伯·赖兰。然后我想起了波洛说过的话——世上最富有的人。赖兰先生言辞粗鲁而尖刻,他对波洛突然拒绝前往南美的理由表示了强烈的不满。

"这非常发人深思,不是吗?"波洛说。

"我觉得他会生气是很正常的。"

"不,不,你没有理解我的意思。回想一下梅耶林,那个前来寻求庇护却惨遭敌人杀害的人说过的话。'二号极少被提及姓名,他一般使用"S"中间贯穿两道直线的符号,也就是美元符号作为代称。同时还有两道条纹和一颗星,据此可以推测他是个美国人,此符号还代表了财富的力量。'再想想赖兰试图用一大笔钱把我引出英格兰,你有想法了吗,黑斯廷斯?"

"你的意思是,"我盯着他说,"你怀疑这个大富翁亚伯·赖兰就是四魔头的第二号?"

"你聪明的脑子已经得出了正确的结论,黑斯廷斯。是的,那正是我的想法。你提到大富翁这个字眼时的语气很有说服力,但让我来为你阐明一个事实。这个组织是由顶尖人物掌控的，而赖兰先生在商界可是个臭名昭著的人物。他是个天才而邪恶的男人，拥有数不尽的财富，并追求着无穷无尽的权力。"

波洛的话无疑有些道理。我问他是从什么时候开始确定这个事实的。

"这只是我的猜想，并没有证据可以证实。我无法确定，我的朋友，我愿意付出一切去证实。总之，先让我假设二号确实是亚伯·赖兰，这就让我们更接近目标了。"

"他信上说自己刚到达伦敦，"我弹了弹信纸说，"你是不是该登门拜访，亲自谢罪去？"

"确实应该。"

两天后，波洛带着难以掩饰的兴奋回到我们的住处。他兴冲冲地抓住我的双手。

"我的好朋友，一个了不起的、史无前例的、绝无仅有的机会出现在我们面前了！但其中暗藏着危险，致命的危险，我甚至不该对你提起这件事。"

如果波洛想吓退我，那么他的计划算是泡汤了，我如实说出了自己的想法。于是他稍微镇静下来，开始描述自己的计划。

原来赖兰正在寻找一名英国秘书，要求有良好的社交礼仪和气度。波洛建议我去应聘。

"如果可能的话，我会自己去，我的朋友。"他带着歉意解释道，"可是你也知道，让我达到那些要求几乎是不可能的。我的英语非常好，除了格外兴奋的时候会有口音，但也没好到能够瞒天过海的程度。并且就算我忍痛牺牲了自己的胡子，人们还是能认出来我就是赫尔克里·波洛。"

我也有同样的顾虑，因此我表示我已做好了准备，愿意打入赖兰的大后方。

"反正他十有八九不会相中我。"我说。

"哦,这你放心,他会的。我会替你准备一封让他看了一定会心动不已的推荐信,由内政大臣亲自执笔。"

这么做似乎有点夸张了,但波洛挥挥手打消了我的疑虑。

"他会写的,我曾为他调查过一件极有可能造成重大丑闻的小事。最后事情解决得低调而谨慎。你可能会这么说,他就像停在我手心里捡面包屑吃的小鸟。"

我们的第一步是找来一位专门从事"化装"事业的艺术家。他是个小个子,奇怪的小脑袋转起来像小鸟一样,跟波洛倒是有几分相似。他一言不发地打量了我一会儿,然后便行动起来。半小时后,我看向镜中的自己,不由得大吃一惊。经过特殊加工的鞋让我站起来时至少高了两英寸,而我身上的大衣又让我显得细长而瘦弱。我的眉毛被精心修剪了一番,使我的面部表情变得与以前截然不同,我脸上贴了衬垫,又回到早已久违的深小麦肤色。我的胡髭不见了,嘴里却多出一颗金牙。

"你的名字,"波洛说,"叫亚瑟·内维尔。上帝保佑你,我的好朋友,因为你的前路可能危机四伏。"

我带着紧张的心情,按照赖兰先生给我的时间准时来到了萨瓦,并请求与那位了不起的人物会面。

等待了一两分钟后,我被领进了他的套房。

赖兰坐在一张桌子边,面前摆着一封展开的信。我用眼角余光看到那正是内政大臣的笔迹。这是我头一次见这位美国大富翁,并不由自主地对他产生了深刻的印象。他身材瘦高,有个向前突出的下巴和微微下勾的鼻子,浓密的眉毛下面是一双冰冷的灰眼睛。他顶着一头同样浓密的灰发,嘴里叼着一支长长的黑雪茄（后来我得知，他从未被人看到过没有叼雪茄的样子），雪茄懒散地吊在嘴角。

"坐下。"他咕哝一声。

我坐了下来，他敲了敲桌上那封信。

"这张纸上说，你是最好的，我不需要再找别人了。说吧，你擅长社交场合吗？"

我做出了我认为他会满意的回答。

"我想说的是，如果我邀请了一帮公爵伯爵子爵之类的人到我那座乡下别墅去，你有本事把他们一一安排到合适的餐桌座位上吗？"

"哦！那很简单。"我微笑着回答。

我们又交换了几句问答，然后我就被聘用了。原来赖兰先生只是想找一个通晓英国社交礼节的秘书，因为他已经有一个美国秘书和一个速记员了。

两天后，我出发前往哈顿蔡斯，那里是罗姆郡公爵的宅邸，被我的雇主签下了六个月的租期。

我的工作并不困难。因为我曾经为英国议会的某位重要成员当过一段时间的私人秘书，因此这些工作对我来说并不陌生。赖兰先生通常会在周末举办大型宴会，但一周的中间时段还是比较清闲的。我很少能见到那位美国秘书阿波比先生，但他看上去是个友好而普通的美国小伙子，工作效率非常高。至于速记员马丁小姐，我倒是经常见到。她是个二十三四岁的漂亮姑娘，有一头红褐色的头发，深褐色的眼睛偶尔会闪过调皮的光芒，但多数时候都娴静地低垂着。我感觉她既不喜欢也不信任自己的雇主，当然，她从来不会不谨慎地将其表现出来，直到她意外地将我纳入可信任之人的范畴。

我理所当然地仔细观察了房子里的所有人。有一两个用人是新来的,其中有一个男仆,还有几个女佣。而男女管家和大厨是公爵原来就已经聘用的,他们都被允许留了下来。我认为那些女佣并不重要。我非常仔细地观察了一个男仆,詹姆斯,最终确定他真的只是一个再普通不过的男仆。而他确实也是男管家雇来的人。我觉得更为可疑的是另一个人,赖兰从纽约带来的贴身男仆。他是英国血统,举止无可挑剔,尽管如此,我还是对他有一丝莫名的怀疑。

我已经在哈顿蔡斯待了三个星期,但这里没有发生任何足以让我肯定我们那个推论的事情。没有一丝一毫四魔头的痕迹。赖兰先生虽然是个性格强硬的人,但我还是渐渐开始怀疑,波洛把赖兰跟那个可怕的组织联系起来是否是个错误。有一天晚上,我甚至听到他不经意间提起了波洛。

"他们都说他是个神奇的小矮子,可我万万没想到他是个半途而废的人。我跟他做了个交易,结果他在最后一刻反悔了。我可不想再听你们吹嘘伟大的赫尔克里·波洛先生了。"

只有在这种时候,我才会觉得脸上的衬垫让我无比疲倦!

然后,马丁小姐给我讲了一个很有意思的故事。那天,赖兰带着阿波比去了伦敦。我和马丁小姐喝完茶后在花园里散步。我很喜欢这个小姑娘,她的性格非常开朗,一点都不矫揉造作。我能看出她在想事情,最后,她终于开口了。

"内维尔少校,您知道吗,"她说,"我真的在考虑辞掉这份工作。"

我略显惊讶地看着她,她匆忙说了下去。

"哦!我知道这其实是一份完美的工作。如果我请辞,一定有很多人认为我是个傻瓜。可是内维尔少校,我实在受不了这种折磨了。被人那样粗暴地辱骂已经超出了我的承受范围。没有哪个绅士会做出那种事来。"

"赖兰先生经常辱骂你吗?"

她点点头。

"当然,他一直是急躁易怒的性格,这点所有人都清楚。但这也是工作的一部分。可他一转眼就会极端愤怒,而且毫无理由。他那副样子就好像真的随时会杀了我!而且我刚才也说了,毫无理由!"

"跟我说说好吗?"我饶有兴致地问。

"您知道,我负责拆开赖兰先生的所有信件。其中一些我会交给阿波比先生,剩下的则自己处理。不过初步整理信件都是我一个人负责的。但有这么一封信,写在蓝色的纸上,角落里有个小小的'4'……不好意思,你刚才说什么?"

听到她的话时我忍不住惊呼了一声,但马上摇了摇头,请她继续往下说。

"好吧,正如我刚才所说,这种信偶尔会寄过来,我被三令五申绝对不可以把它们拆开,而是要原封不动地交给赖兰先生。当然,我一直都是那样做的。可是昨天早上信件特别多,我当时手忙脚乱的,就一不小心把那样的一封信也一起拆开了。当我发现自己犯了错后,立刻把信拿给赖兰先生,并解释了一番。可是我做梦都没想到他会发那么大的火。就像我刚才说的,我当时真的吓坏了。"

"那封信里到底写了什么,竟让他如此烦躁呢?"

"什么都没写,这才是最奇怪的。在我发现自己出错前已经把信读了一遍。内容很短,我现在还记得每一个词。可那里面根本没有能让人生气的内容。"

"你能把信复述一遍?"我鼓励道。

"是的。"她停下来,回忆了一会儿,随后慢慢复述起来。我不动声色地记下了她说的内容:

> 亲爱的先生:如今最必需的,是查看那些产业。如果您坚持要包含那座采石场,那么一万七千应该比较合理。百分之十一的佣金太高了,百分之四就足够。
>
> 您忠实的
> 亚瑟·利维肖

马丁小姐继续说道:"明显是关于赖兰先生打算购买的产业的。说句实话,我认为一个男人为了那点小事如此大发雷霆实在是,嗯……太危险了。你说我该怎么办,内维尔少校?你的社会阅历比我丰富。"

我安抚了那个女孩,告诉她赖兰先生当时有可能只是在忍受他那个种族最大的天敌——消化不良的折磨。最后,她似乎很受用地离开了。但我却不那么轻松。女孩离开后,我拿出笔记本,又看了一遍自己草草记下的信件内容。这到底是什么意思,真的只是表面上看起来的那般普通吗?莫非那是关于赖兰正在进行的某些交易的,而他担心在交易完成之前会有人把情报泄露出去?很有可能。但我想起了信封一角小小的数字"4",认为自己至少找到了追查的方向。

那天晚上我一直都在思考那封信的内容,第二天也几乎从未想过别的事情。随后,我突然找到了答案。这实在太简单了。数字"4"就是提示。每隔四个词挑出一个词组成句子,就成了一条截然不同的信息——必须看你,采石场,十七,十一,四。

数字的意义很简单。十七指的是十月十七日，也就是明天。十一是时间。四是签名，有可能是指那个神秘的四号人物，要么就是整个组织的"商标"，也就是四魔头。采石场也很好理解，距离别墅大约半英里的地方就有一座废弃的采石场。那是个人迹罕至的地方，正适合秘密会面。

有那么一小会儿，我差点儿就决定独自行动了。这将会是我值得夸耀很久的事迹，难得能抢在波洛前面行动一次。

不过我最终还是忍住了冲动。这是个非常重要的行动，我没有权利自作主张，更别说那么做有可能危及我们成功的概率。我们好不容易走在了敌人前面，必须好好利用这个机会。再说了，无论我怎么掩饰事实，波洛都是更聪明的那一个。

我赶紧给他写了一封信，陈述了所有事实，并向他解释去偷听那场对话的重要性。如果他愿意交给我，那非常好，但我还是向他仔细描述了从车站到采石场的路线，这样当他决定亲自前来时不至于找不到地方。

我把信带到村里寄了出去。我待在这里随时都可以联系波洛，但我们都认为他最好不要联系我，以免寄给我的信件被人偷看。

那天晚上我一直很兴奋。没有客人留宿，我跟赖兰先生在书房里忙了一夜。我早已预料到这种情况，因此没有指望能到车站去见波洛。尽管如此，我还是很肯定，自己必然能在十一点前脱身。

果不其然，刚过十点半，赖兰先生看了一眼时钟，告诉我他已经"结束了"。我领会意思，安静地告退。紧接着我上了楼，假装要回房休息，但很快又静悄悄地走下通往偏门的楼梯来到花园里，并裹紧身上的深色大衣遮住显眼的白衬衫前襟。

我在花园里走了一段才冒险回头看了一眼,赖兰先生正穿过书房的落地窗走进花园。他也准备去赴约了。我加快脚步尽量赶在他前头,有点上气不接下气地来到了采石场。这里似乎一个人都没有。我钻进一丛浓密的灌木中,屏息静气地等待着。

十分钟后,时间正好十一点,赖兰出现了。他把帽檐拉得很低,嘴角叼着那支标志性的雪茄。只见他迅速地看了看四周,随后把身子一弓,钻进了采石场的坑洞里。不一会儿,我听到下面传来一阵低沉的交谈声。很明显,有另一个人,或另一些人,且不管他们是谁,先到达了约定地点。我小心翼翼地爬了出来,竭力不发出半点动静,沿着采石坑的陡坡一寸一寸地往下挪。现在我跟说话的人中间只隔了一块大石头。我躲在阴影里,悄悄探出头,发现自己正对着一个黑洞洞的枪口!

"举起手来!"赖兰先生短促地喊了一声,"我等你很久了。"

他坐在一块岩石的阴影里,我无法看清他的脸,但他威胁的语气却足以让我感到后背发凉。紧接着,我又感到脖颈后多了一个冰冷的圆形金属,赖兰放下了手上的自动步枪。

"很好,乔治。"他拉长声音说,"把他带过来。"

我强忍着怒火,被领到阴影之中。紧接着,那个看不见的乔治——我猜他应该就是那位了不起的迪夫斯——把我捆起来,并堵住了嘴。

赖兰又开始说话了,语气冰冷而恶毒,我几乎认不出他的声音。

"这将是你们的末路。你们给四魔头找了太多麻烦。知道什么叫塌方吗?大约两年前这里就发生过一次,今晚还会再发生一次,我已经安排好了。不过你那位朋友看起来不太守时啊。"

我感到心中涌起一阵恐惧。波洛!不一会儿他就会毫无准备地径直走进他们的圈套里了,而我却无法提醒他。我现在只能寄希望于他把这次行动全权交给了我,自己还留在伦敦。因为如果他要来,现在应该已经到了。

随着时间慢慢地流逝,我的希望越来越大了。

但紧接着,那点希望又惨遭粉碎。我听到了脚步声,谨慎的脚步声,谨慎却依旧清晰可闻。我痛苦而无力地等待着那难以避免的一刻的到来。脚步声渐渐靠近,顿了顿,随后波洛现身了。他歪着头,窥视着阴影内部。

我听到赖兰发出一声满足的低吼,举起那把巨大的自动步枪,高喊一声:"举起手来。"与此同时,迪夫斯向前一窜,从后面控制住波洛。伏击完成了。

"很高兴见到你,赫尔克里·波洛先生。"美国人阴郁地说。

波洛的镇定简直令人钦佩。他一动都没动,但我能看到他的双眼在黑暗中探寻着。

"我的朋友,他在这里吗?"

"是的,你们都落入了圈套,四魔头的圈套。"

他大笑起来。

"圈套?"波洛反问。

"正是,莫非你还没发现吗?"

"我能理解这是一个圈套,没错,"波洛轻声说,"可是您错了,先生。落入圈套的是您,不是我和我的朋友。"

"什么?"赖兰举起了自动步枪,但我发现他的目光开始闪烁。

"如果您开枪,那您就将在十个证人的目击下犯下谋杀罪,这会把您送上绞刑架。这里被包围了,苏格兰场的人早在一小时前就埋伏在周围了。我把您将死了,亚伯·赖兰先生。"

他吹了一声奇怪的口哨,周围像变戏法一样多出许多人来。

他们控制了赖兰和他的贴身男仆，收缴了两人的武器。波洛跟带队警官说了几句话，然后抓着我的手臂离开了。

走出采石场后，他热情地拥抱了我。

"你活着，没有受伤，这简直是太棒了。我一直在责备自己让你冒这个险。"

"我一点事都没有。"我说着，从波洛的怀抱里脱身出来，"我只是有点困惑，你不是落入了他的圈套吗？"

"我就在等这个啊，不然你以为我为什么让你来这个地方？你的假名、你的乔装，根本就不是为了瞒骗他们！"

"什么？"我喊道，"你怎么没告诉我？"

"正如我时常对你说的，黑斯廷斯，你的天性如此诚实美好，以至于你自己不被骗，就无法骗过别人。这样正好，你一开始就暴露了身份，随后他们做出了我意料之中的行动——只要是有脑子的人都能预料到。他们把你当成了诱饵。他们派了那个女孩……顺带一提，我的朋友，我想问个比较有趣的心理学问题，她是红发吗？"

"如果你说的是马丁小姐，"我冷冷地说，"她有一头色泽柔和的红褐色头发，可是——"

"简直是太完美了！这些人！他们甚至把你的心理都研究透了。哦！是的，我的好朋友，马丁小姐确实是计划的一部分，一个重要的部分。她向你复述了那封信，又对你述说了赖兰先生的震怒。你把它抄了下来，并开动脑筋——暗号设计得恰到好处，比较困难，却还不至于太困难。你把它解开了，随后你又把我叫了过来。

"但他们唯独不知道的是，我就在等待这一刻。我赶紧去找贾普，安排好了人手。于是你看，我们大获全胜了！"

我可不太高兴，并把自己的心情如实说了出来。

我们第二天一大早爬上了运送牛奶的火车，回到了伦敦，那可真是一段极不舒服的旅程。

我泡完澡出来，正打算来一顿令人身心愉悦的早餐，却听到起居室里传来贾普的声音。于是我匆忙披上一件浴袍走了过去。

"你这回可让我们闹了个不小的笑话。"贾普说，"我真为你感到遗憾，波洛先生，这还是我头一次看到你失败。"

波洛面露不解，贾普继续说道："那天我们无比认真地对付那些什么幕后黑手，结果全是那个男仆干的。"

"男仆？"我惊讶地说。

"是的，詹姆斯，哦，管他叫什么名字。原来他跟其他用人打了个赌，说自己能把那个老头儿唬得找不着北。说的就是你，黑斯廷斯上校。他还说要编造一大堆跟四魔头和黑帮有关的间谍玩笑来耍你。"

"不可能！"我惊讶地说。

"管你信不信。我把那两位先生直接带到了哈顿蔡斯，结果真正的赖兰正在床上睡大觉，男管家和厨师还有天知道多少人都发誓他们只是在打赌，一个愚蠢的恶作剧，仅此而已。而他把赖兰的贴身男仆也拉上了。"

"难怪他要一直躲在阴影里。"波洛喃喃道。

贾普离开后，我们对视一眼。

"现在我们知道，黑斯廷斯，"波洛总算开口了，"四魔头的二号就是亚伯·赖兰，男仆的伪装只是为了保证在意外情况下能有办法开脱。而那个男仆……"

"就是……"我悄声道。

"四号。"波洛表情凝重地说。

第九章 黄茉莉谜案

波洛说我们在不断获取更多信息，同时也在更加深入地了解对手的想法。但我觉得自己更需要一些实质性的成就。

自从我们与四魔头扯上关系，他们已经实施了两起谋杀，绑架了哈利戴，还险些把波洛和我给除掉了。与此相对，我们直到现在还没在这场对抗中获得过分数。

但波洛并没把我的抱怨当一回事。

"目前，黑斯廷斯，"他说，"能笑出来的是他们，这确实没错。但你不是有一条格言吗？'笑到最后的人笑得最好'？那么，我的朋友，到最后你就会知道了。"

"你还要记住，"他又说，"我们面对的并不是普通的罪犯，而是这世上第二聪明的大脑。"

我故意没有问那个明显的问题来迎合他的自负。我知道答案，至少知道波洛的答案会是什么，于是我转而尝试套出一些口风，让他透露追查敌人的行动到底进行到了什么阶段。一如往常，他还是没有向我透露一丝一毫关于自己行动的信息，但我能猜到他与驻扎在印度、中国和俄罗斯的特工都保持着联系，并且从他偶尔爆发的自我夸耀中，我知道他至少在自己最为热爱的揣测敌人心理这个游戏中进展顺利。

他几乎彻底丢下了私人侦探的工作，而且我知道，他已经拒绝了好几个酬金丰厚的委托。确实,他偶尔还是会进行一些自己感兴趣的调查,可一旦证实那些案子与四魔头没有关联后,他就会马上中断调查。

波洛的这种态度对我们的朋友贾普探长来说是无比欢迎的。不得不承认,有好几桩案子都是在听到波洛半带轻蔑的提示后才得以解决的,这让他平白赚到了不少好名声。

为了回报波洛,贾普为他的小个子比利时朋友无条件提供任何可能吸引他注意的案件细节。当他开始负责报纸上称为"黄茉莉谜案"的案子时,他马上联系了波洛,问他要不要过去看看。

正是这个电话,在我结束了亚伯·赖兰宅邸冒险大约一个月后,又让我们坐进了火车车厢里,渐渐远离了充斥着烟雾和粉尘的伦敦,前往位于伍斯特郡的小镇汉德福德,谜案的发生地。

波洛靠在椅背上。

"黑斯廷斯,对这件事你有什么看法?"

我没有马上回答他的问题,因为我的直觉告诉我,现在应该谨慎。

"这一切看起来非常复杂。"我小心翼翼地说。

"可不是嘛!"波洛高兴地说。

"鉴于我们如此仓促地出发,很明显,你认为佩因特先生的死是一起谋杀,而不是自杀或意外死亡。"

"不不,你误会我了,黑斯廷斯。就算我们假设佩因特先生确实死于一起特别惨烈的事故,依旧有一些难以理解的情况需要弄清楚。"

"所以我刚才才会说,事情看起来非常复杂。"

"先让我们安静而有条理地把所有主要线索都过一遍吧。黑斯廷斯,请你把它们条理清楚、简明易懂地复述一遍给我听。"

我马上行动起来,尽量让自己的话听起来有条理、好理解。

"首先,"我说,"我们从佩因特先生开始,他是一名五十五岁的男性,富有,有修养,平时喜好周游世界。过去这十二年间,他极少待在英国,可是某一天,他突然厌倦了不断的旅行,就在伍斯特郡买了一栋小房子,位置在汉德福德附近,并准备在那里安顿下来。他所做的第一件事就是给唯一的亲人——他最年轻的弟弟的儿子,也就是他的侄子杰拉尔德·佩因特——写了一封信,提议让他搬到克劳夫兰——那栋房子的名字——与伯父一起生活。杰拉尔德·佩因特是一个生活拮据的年轻艺术家,当然,他很高兴地接受了这个提议。直至惨剧发生时,他已经跟伯父共同生活了七个月。"

"你讲故事的能力实在太令人钦佩了。"波洛喃喃道,"我一直对自己说,我面前是一本会说话的书,而不是我的朋友黑斯廷斯。"

我并没理会波洛,而是继续慢慢深入故事的主题。

"佩因特先生在克劳夫兰雇了很多人,有六个用人和一个中国贴身仆人,叫阿林。"

"他的中国贴身仆人阿林……"波洛喃喃地自言自语道。

"上周二晚饭后,佩因特先生说自己不太舒服,其中一个用人出门叫医生去了。佩因特先生拒绝上床休息,而是在书房里见了医生。两人之间进行了什么交谈,这没有人知道。不过在昆廷医生离开前,他要求见家里的女管家,告诉她佩因特先生的心脏非常虚弱,因此自己给他进行了皮下注射,吩咐女管家不能让佩因特先生受到任何打扰。然后又询问了一些关于用人的奇怪问题,比如他们来了多久,从哪里来的,等等。

"女管家尽量回答了医生的问题,却无法理解他为什么要问这些。第二天早上,人们发现了一件可怕的事。其中一个女佣下楼时突然闻到一阵令人作呕的焦肉味,好像还是从主人的书房里传出来的。她试图打开书房门,却发现被反锁了。最后在杰拉尔德·佩因特和那个中国仆人的帮助下,门被撞开了,里面是一副极为吓人的光景。佩因特先生身子向前,栽倒在煤气炉的火中,脸和头都被烧得难以辨认。

"当然,那一刻没有任何人产生怀疑,因为那看起来就是一起可怕的事故。如果真要责怪什么人,只能怪昆廷医生给病人注射了麻醉剂之后放任其保持如此危险的姿势。紧接着,人们又发现了一个奇怪的事情。

"地上有一张报纸,似乎是从老人膝上滑落的。他们把报纸翻过来,发现上面用颤颤巍巍的笔迹涂抹了几个字。佩因特先生坐的椅子旁边就是一张写字桌,死者右手的食指末端有两个指节沾上了墨水。很明显,佩因特先生由于过于虚弱无法握笔,只能把手指插进墨水瓶里,在手中的报纸上写下了两个词。而他写的那两个词却非常脱离现实:黄色茉莉花(Yellow Jasmine)。仅此而已,再无其他。

"克劳夫兰的外墙上攀爬着许多黄色茉莉花,人们认为老人的遗言应该与之有所关联,但这只是充分证明那个可怜的老头儿已经糊涂了。当然,那些眼里只有奇闻怪事的报纸绝不可能放过这个故事,他们还给它起了个名字,叫'黄茉莉谜案'。尽管那几个字并不重要。"

"你说它们并不重要?"波洛说,"好吧,毫无疑问,既然你这么说,那就一定没错。"

"然后,"我继续道,"就是刺激有趣的验尸了。"

"我猜这时候的正确反应应该是舔舔嘴唇。"

"现在有很多说法对昆廷医生不利。首先,他并不是长期负责老人的医生,只是一个临时代理,在伯莱索医生外出享受他应得的假期时顶替他一个月。其次,人们都认为他的粗心大意是造成意外的直接原因。可他本人的证词却让人大吃一惊。自从佩因特先生住进克劳夫兰后,他的健康状况一直不是很理想。伯莱索医生给他看过几次,不过当昆廷医生第一次为他看诊时,却对他身上的某些症状感到疑惑不解。在此之前,昆廷医生只被叫去过一次,那天晚餐后是第二次。当书房里只剩下他和佩因特先生两个人时,后者对他讲述了一个令人惊诧的故事。首先,他一点都没有感到不适,他解释说叫医生来是因为他对当天晚餐的咖喱心生怀疑。在找借口支走阿林几分钟后,他把盘子里的食物偷偷倒进了一个碗里。随后他就把那只碗交给了医生,让他仔细查验里面是否有异常。

"不过,尽管他声称自己并没有感到不适,医生还是发现晚餐一事明显对他造成了影响,使他的心脏承受了巨大的压力。因此他决定给佩因特先生注射一剂药液,但不是麻醉剂,而是士的宁。

"我认为这就是整个案子的全貌。除了最为关键的核心,也就是那些没被碰过的咖喱,经过分析发现,里面含有足以杀死两个成年男子的鸦片!"

我停下了叙述。

"那么你的结论呢,黑斯廷斯?"波洛安静地问。

"很难说。那有可能真的只是一起意外,而同一天晚上有人试图毒杀他或许只是纯粹的偶然。"

"但你并不这么认为,你更愿意相信那是……谋杀!"

"难道你不这么认为吗?"

"我的朋友，你我的逻辑思维方式并不一样。我并没有试图在谋杀还是意外这两个结论中做出选择，当我们解决了其他问题后，正确的答案自然会浮出水面。而那个亟待解决的其他问题，就是你说的'黄色茉莉花'。顺带一提，你还漏掉了一些细节。"

"你是说在那两个词下方、有两道形成了一个直角的模糊的线？我并不认为那是个重要的线索。"

"对你来说，你的想法从来都是最重要的，黑斯廷斯。不过现在还是暂时放下黄茉莉之谜，转向咖喱之谜吧。"

"我知道。到底是谁下的毒？为什么？我们能提出无数个问题。不用说，制作咖喱的一定是阿林，可他为什么要给自己的主人下毒呢？莫非他是哪个帮派的成员？人们不是总能看到那样的消息吗？搞不好真的有个'黄茉莉帮'。然后还有杰拉尔德·佩因特。"

我突然停了下来。

"是的，"波洛点点头说，"还有杰拉尔德·佩因特。他是他伯父的继承人。不过他当天晚上是在外面吃的饭。"

"他可能趁机往做咖喱的材料里下了毒。"我指出，"然后特意安排自己那天到外面用餐，以免吃到那些咖喱。"

我想我的推断让波洛惊讶了。他看我的表情比刚才要严肃多了。

"他很晚才回家，"我沉思片刻，说出了自己的假设，"看到伯父的书房里还亮着灯，便走了进去。紧接着他发现自己的计划失败了，一气之下就把老人推进了火里。"

"黑斯廷斯，佩因特先生是个健康强壮的五十五岁男性，他绝不会眼看着自己被烧死而不挣扎的。你的猜想太不合理。"

"好吧，波洛，"我大声说道，"我猜我们快要看清真相了。

说说你是怎么想的吧？"

波洛对我微微一笑，挺起胸膛，用自命不凡的语气说了起来。

"假设这是谋杀，那么马上就会出现一个疑问。为什么一定要选择那种方式呢？我只能想到一个理由，让死者面部严重损毁，以此掩盖他的身份。"

"什么？"我喊道，"你认为……"

"耐心一点，黑斯廷斯，我正要说我正在审视这一理论。有没有人和理由让我们相信，死者并不是佩因特先生呢？死者有可能是别的什么人吗？我仔细思考了这两个问题，最终得出了否定的答案。"

"哦！"我大失所望地说，"然后呢？"

波洛的眼神亮了起来。

"然后我对自己说：'既然有些事情我不太明白，那就应该亲自去调查一番。我可不能放任自己只专注于四魔头。'啊！我们快到了。我的小衣刷，它藏到哪儿去了？找到了。我的好朋友，帮我刷一刷好吗？然后我也会为你提供同样的服务。"

"没错。"波洛放下刷子，若有所思地说，"我们不能放任自己只专注于一个目标，我险些犯了这个错误。我的好朋友，想必你也能看出来，我在这个案子里险些犯了同样的错误。你说的那两条线，一条竖线和一条与它成直角的横线，你不觉得那很像'4'的头两笔吗？"

"我的老天，波洛！"我忍不住大笑起来。

"太荒唐了，不是吗？我现在看什么都像四魔头的手笔，最好还是让大脑换个新环境活动一下。啊！贾普来接我们了。"

第十章 在克劳夫兰展开调查

那位苏格兰场的探长确实坐在月台上等着我们,还热情地朝我们打了招呼。

"啊,波洛先生,太好了。我就觉得你会对这个案子感兴趣。顶顶不可思议的谜案,不是吗?"

从这句话里不难听出,贾普对这起案子彻底没了主意,并希望从波洛那里得到一点提示。

有辆车在站外等着,我们很快就来到了克劳夫兰。那是一栋很低调的方形白房子,满墙都是爬藤植物,其中就点缀着许多黄茉莉。贾普顺着我们的目光,抬头看过去。

"那可怜的老伙计肯定是脑子糊涂了才会写下那两个词。"他说,"可能出现幻觉了,以为自己在屋外。"

波洛微笑着看向他。

"我的好贾普,这到底是什么?"他问,"意外还是谋杀?"

这个问题似乎让探长有些窘迫。

"呃,要不是那些咖喱被动过手脚,我肯定会选意外。因为把一个大活人的脑袋塞进火里,这实在太不合理了,他的尖声惨叫会把整个屋子的人都吵醒的。"

"啊!"波洛压低声音说,"我真是个蠢蛋。三倍的大笨蛋!贾普,你比我聪明多了。"

贾普被他的称赞惊呆了，因为波洛向来有着无可救药的自恋倾向。只见他老脸一红，嘟囔了几句客气话。

他把我们带到惨剧发生的地点——佩因特先生的书房。那是个宽敞却低矮的房间，墙边全是满满当当的书架，中间有一把宽大的皮制扶手椅。

波洛的目光立刻转向通往露台的窗户。

"那扇窗，案发时没有闩上吗？"他问。

"当然，这正是问题所在。医生离开这个房间时只把门带上了。第二天早上人们却发现门是锁着的。是谁上的锁？佩因特先生自己吗？阿林说窗户是关着并闩好的。可是昆廷医生却觉得窗户只是关上了，并没有闩上，可是他也不敢确定。如果他能肯定，事情就大不一样了。假如死者确实是被谋杀的，那么一定有人通过窗户或房门进来过。如果是从房门进来的，那就是内鬼作案；如果走窗户，则有可能是任何人。他撞开门后做的第一件事是打开窗户，而开窗的女佣认为当时窗子并没有闩起来。不过她是那种典型的不可信证人，你问什么她都能给你'想起来'。"

"钥匙呢？"

"就知道你会问。钥匙掉在被撞倒的门板底下了，可能是从钥匙孔里撞出来的，也有可能是冲进房间的人趁乱扔在那儿的，又或者是从外面通过门缝滑进来的。"

"事实上这一切都只是……'可能'？"

"你说中了，波洛先生。这正是我想表达的。"

波洛四处张望着，不高兴地皱起了眉。

"我看不到灵感的闪光，"他喃喃道，"就在刚才，是的，我捕捉到了一丝微光，可现在又重新陷入了黑暗。我完全没有头绪……动机是什么？"

"小杰拉尔德·佩因特倒是拥有足够强烈的动机。"贾普严肃地指出,"我告诉你吧,他的生活真够狂野的,而且很奢侈。你也知道艺术家都是什么德行……毫无道德可言。"

波洛并没有在意贾普对艺术家气质的大肆非难,反倒了然地笑了笑。

"我的好贾普,你能对我有话直说吗?我知道你认为那个中国人很可疑,可是你太狡猾了,你想要我帮你,却偏偏又拐弯抹角地说话。"

贾普大笑起来。

"你真是一点没变,波洛先生。是的,我打赌就是那个中国人干的,这个我承认。他完全有机会在咖喱里下毒,而且只要他那天晚上尝试过除掉自己的主人,就肯定还会再尝试第二次。"

"他真的会吗?"波洛轻声说。

"但是动机真的难倒我了。我猜应该是异教徒的复仇之类的。"

"是吗?"波洛又说,"现场没有盗窃的痕迹吗?没有东西不翼而飞?比如珠宝?现金?"

"没有。确切地说,那些东西都没有丢失。"

我竖起了耳朵,波洛也一样。

"我是说,确实没有盗窃的痕迹。"贾普解释道,"不过那个老小子最近在写一本书,这还是今天早上收到出版商索要手稿的信件时我们才知道的。看来那本书刚刚写好。小佩因特和我几乎把房子翻了个底儿朝天,却怎么也找不到。他肯定是把手稿藏起来了。"

波洛眼中闪出了我再熟悉不过的绿色光芒。

"那本书叫什么?"他问。

"我记得应该是叫《中国的幕后黑手》。"

"啊哈!"波洛兴奋地叫了一声,随后飞快地说,"让我见见那个叫阿林的中国人。"

很快,中国人就被叫了过来。他低垂着眼、慢吞吞地走了过来,大辫子在身后一甩一甩的,淡漠的脸上看不出任何表情。

"阿林,"波洛说,"你的主人死了,你感到伤心吗?"

"我很伤心。他是个好主人。"

"你知道是谁杀了他吗?"

"我不知道。知道的话我会告诉警察的。"

一问一答持续了下去。阿林顶着同样淡漠的脸描述了他制作咖喱的过程。他说厨师没有碰过那些咖喱,除了他自己,没有任何人碰过。我很难猜测他是否知道这样的证词会让他陷入什么境地。不仅如此,他还坚持说那天晚上从书房通往花园的窗户是闩上的。如果早上时窗户开了,那一定是主人自己打开的。最后,波洛把他打发走了。

"就这样吧,阿林。"但就在中国人走到门口时,波洛又把他叫住了,"对了,你说你对黄茉莉一无所知?"

"不知道,我该知道什么?"

"那么,你对那两个词下面的线条也一无所知?"

波洛说着向前探出身子,在桌面的薄灰上飞快地划拉了两下。从我这个位置,正好可以在波洛将其擦掉前及时看到他划出的图案。一条从上往下的竖线,右边连着一条与它形成直角的横线,随后是第二条竖线,组成了一个大大的数字"4"。中国人明显大吃一惊,他的脸上瞬间闪过深深的恐惧,紧接着又突然变回为淡漠。只见他重复着死板的否定话语,离开了房间。

贾普出去找小佩因特去了,波洛和我被留在房间里。

"四魔头,黑斯廷斯,"波洛大声说道,"又是四魔头。佩因特是个伟大的旅行家,他的书中无疑包含了一些有关一号的重要情报。李长岩,四魔头的首脑。"

"可到底是谁……怎么……"

"安静,他们来了。"

杰拉尔德·佩因特是个友善而瘦弱的年轻人。他留着淡褐色的络腮胡,脖子上系着奇怪的领巾。针对波洛的问题,他的回答极其流利。

"我跟邻居维彻勒一家在外面吃的晚餐。"他解释道,"我几点回的家?哦,大概十一点。我带了钥匙。当时所有用人都睡下了,我自然认为伯父也睡下了。事实上我觉得自己好像看到了那个走路没声音的中国鬼阿林,从大厅转角一闪而过。不过那大概是我眼花。"

"佩因特先生,你最后一次看到自己的伯父是什么时候?我是说,在你到这里跟他一起生活之前。"

"哦!我十岁以后就没见过他了。他和他弟弟,也就是我父亲,大吵了一架,你知道的。"

"可是他后来没花什么力气就找到你了,对吧?尽管已经过去了那么多年?"

"是啊,我恰好看到了律师登的广告,运气实在是太好了。"

波洛没再问下去。

我们的下一个行动是造访昆廷医生。他的说辞与接受警方调查时说的基本一致,也没有添加什么新的内容。他在诊所里见了我们,当时他正好接待完所有病人。他看上去挺聪明的,略显死板的礼仪与他脸上的夹鼻眼镜正相衬,但我认为他的医术肯定是紧随时代的。

"我真希望自己能记起窗户的情况。"他坦白地说,"可是勉强回忆实在太危险了,因为人们总会觉得某些并不存在的事情确实发生过,这就是人类的心理,您说是吗,波洛先生?您瞧,我曾经读过您的方法论,我敢说自己是您的狂热崇拜者。我认为在咖喱里加入鸦片粉的应该就是那个中国人,但他一定不会承认,而我们永远也不会知道究竟是为什么。可是把一个大活人按在火里,这可不是我们那位中国朋友的性格,至少我是这么想的。"

当我们走在汉德福德的大路上时,我对波洛说出了自己对最后那句话的见解。

"你觉得他有没有可能带了个共犯进去?"我问,"顺带一提,我猜贾普应该能把他看牢吧?"探长到当地的警察局去办事了,"毕竟四魔头派出来的人,动作都挺快的。"

"贾普正在监视他们两个。"波洛忧郁地说,"自从发现尸体后,他们就被严密监控了。"

"好吧,至少我们知道杰拉尔德·佩因特是无辜的。"

"黑斯廷斯,你知道的总是比我多,这让我感到心很累。"

"你这个老狐狸,"我笑着说,"从来不愿坐实任何一句话。"

"老实说,黑斯廷斯,这个案子对我来说已经很明确了,除了'黄茉莉'这两个词。而且我开始同意你的意见了,它们与案子没有任何关系。在这种案子的调查中,我们必须确定到底是谁在说谎。我已经确定了,可是……"

他突然从我身边跑开,走进了路边的一家书店。过了几分钟,他走了出来,怀里抱着一个包裹。

之后贾普加入了我们,三人一道在旅馆里安顿下来。

第二天早晨我很晚才起床。当我走进起居室时,发现波洛已经在里面来回踱步了,还带着一副痛苦扭曲的表情。

"别跟我说话，"他烦躁地挥舞着手臂，大喊道，"在我断定所有事都顺利结束前——在逮捕完成之前。啊！我的心理分析实在是太拙劣了。黑斯廷斯，如果一个人在死前留下了信息，那一定是因为它很重要。所有人都这么说，'黄茉莉？房子外墙上就长着黄茉莉，那没有任何意义。'那么那到底是什么意思？正是它本身的意思。听着。"他举起一本小书，"我的朋友，直觉告诉我应该深入调查这个主题。黄茉莉究竟是什么？这本小书把一切都告诉了我。听着。"

他念了出来。

"断肠草，黄茉莉。成分：缝籽木秦甲醚 $C_{22}H_{26}N_2O_3$，一种作用类似毒芹碱的剧毒。钩吻碱 $C_{12}H_{14}NO_2$，作用类似于士的宁。钩吻酸，等等。断肠草是一种强有力的中枢神经抑制剂。在药效的最后阶段，它能够使运动神经末梢瘫痪，大剂量服用会导致头晕目眩和肌无力。而死亡是由于呼吸中枢的瘫痪。

"你瞧，黑斯廷斯，当贾普说到大活人不可能被按进火里时，我突然瞥到了真相的影子。很快我就意识到，被烧焦的其实是个死人。"

"可是这是为什么？这么做到底有什么意义？"

"我的好朋友，如果你要射杀或刺死一个已死之人，又或者用钝器敲击他的头部，那样做形成的伤口会明确表现出那是死后形成的。可是如果他的脑袋被烧成了焦炭，就没有人再去追究真正的死因了。而且一个刚刚在晚餐上躲过毒杀的人，一般来说不会在如此短的时间内再次被下毒。是谁在说谎，这一直是问题所在。我认为那是阿林——"

"什么？！"我大喊一声。

"黑斯廷斯，你很惊讶吗？阿林知道四魔头的存在，这是很明显的，因为过于明显，我甚至可以断定他在那一刻之前完全不知道那个组织跟这起案子有任何关系。如果他是凶手，就一定会保持着一张完美的面具。因此我决定相信阿林，并把怀疑全部集中到杰拉尔德·佩因特身上。我猜扮演一个多年未见面的侄子对四号来说应该易如反掌。"

"什么？！"我又大喊一声，"四号？"

"不，黑斯廷斯，不是四号。在我查到黄茉莉的性质后，真相就浮出水面了。实际上，它简直是自己跳到我面前来的。"

"一如往常，"我冷冷地接过话头，"它并没有跳到我的面前。"

"因为你总是拒绝动用自己的灰色脑细胞。你说，谁有机会在咖喱里下毒？"

"阿林，没有别人了。"

"没有别人了？医生呢？"

"可那已经是事后了。"

"当然是事后。当晚端给佩因特先生的咖喱里面根本没有鸦片粉，可是在昆廷医生刻意制造的疑云影响下，老人没有碰那些咖喱，还将其保存下来交给自己的医生检查。而正如凶手所料，他很快就把医生叫了过去。昆廷医生来到这里，接手了咖喱，并给佩因特先生打了一针——他说自己注射的是士的宁，可实际上却是黄茉莉，并且剂量足以致命。当毒药开始生效时，他把窗子打开，然后离开了。紧接着，当天深夜，他又从窗户走了进来，找到手稿，把佩因特先生推进了火里。他没有注意到掉落在地上、又被老人的身体压住的报纸。佩因特知道自己被注射了什么药物，并想办法指证了四魔头对他的谋杀。昆廷轻易便能在咖喱被拿去检测之前先混入鸦片粉，他交代了自己编造的与老人的对话，并若无其事地提到了士的宁的注射，以免有人发现尸体上有注射过的痕迹。警方的怀疑马上就转向了意外和阿林下毒这两条线。"

"可是昆廷医生应该不是四号吧？"

"我认为他完全有可能就是。这一带存在着一位真正的昆廷医生，四号只是暂时借用了他的身份。他与伯莱索医生是通过信件完成代理交接的，而那个原本应该来代替伯莱索医生的人恰好在最后一刻因为身体不适不能来了。"

就在此时，贾普突然满脸通红地冲了进来。

"你抓住他了吗？"波洛急切地问。

贾普上气不接下气地摇了摇头。

"伯莱索今天早上结束了休假，据说是被一封电报召回的。可是没人知道究竟是谁发的电报。另一个医生昨晚就离开了。不过我们一定会抓到他的。"

波洛沉默地摇摇头。

"我可不这么想。"波洛说着，心不在焉地用餐叉在桌子上画了一个大大的"4"。

第十一章 国际象棋之谜

我和波洛经常光顾苏霍区的一家小餐馆。那天晚上,我们到店里用餐,发现旁边桌坐着我们的朋友贾普探长。鉴于我们这边还有座位,他便过来加入了我们。当时我们俩已经有一段时间没见过他了。

"你最近都不来看我们了。"波洛抱怨道,"自上次黄茉莉一案后,我们有将近一个月没见面了。"

"因为我最近到北边去了。你们怎么样?四魔头依旧逍遥法外?"

波洛对他责备地摇了摇手指。

"啊!你这是在嘲讽我。不过四魔头是真实存在的。"

"哦!我一点儿都不怀疑。但他们并不像你说的那样,成了宇宙的中心。"

"我的朋友,这你就错了。当今世界上最为邪恶的力量就是这个'四魔头'。他们的目的到底是什么,没有人知道,但可以肯定,这是一个史无前例的犯罪集团。首领是整个中国最为聪慧的大脑,其下是一个美国大富豪、一个法国女科学家,至于第四号人物——"

贾普打断了他。

"我知道、我知道,反正你就是不撞南墙不回头。我觉得这已经成了你新的狂热目标，波洛先生。不如我们聊点别的吧，你对国际象棋有兴趣吗？"

"我确实玩过。"

"那你听说昨天发生的那个怪事了吗？两大世界高手之间的对决，其中一个死在了棋桌上。"

"我听说了。俄国象棋大师沙瓦罗诺夫博士是其中一位选手，那位因心力衰竭死在棋桌上的选手是个年轻有才的美国人，叫季尔莫·威尔森。"

"没错。沙瓦罗诺夫几年前打败鲁宾斯坦成了俄国冠军。威尔森则被誉为第二个卡帕布兰卡[①]。"

"那确实是件怪事。"波洛低声说，"如果我没猜错的话，你对那件事很感兴趣？"

贾普十分尴尬地笑了几声。

"你又猜对了，波洛先生。我实在想不明白，威尔森健康得很，完全没有任何心脏方面的疾病。他的死太令人费解了。"

"难道你怀疑是沙瓦罗诺夫博士视他为威胁，所以杀了他吗？"我忍不住大声问。

"当然不是。"贾普冷冷地说，"我不认为一个俄国人会因为怕输棋而痛下杀手。而且不管怎么说，从我掌握的信息来看，情况应该是反过来的。那个博士好像是个厉害人物，他们都说他仅

[①] 何塞·拉乌尔·卡帕布兰卡（José Raúl Capablanca，1888—1942），古巴国际象棋手，四岁开始下棋，十三岁成为古巴国际象棋冠军。一九〇九年打败美国国际象棋冠军马尔沙尔，两年后参加西班牙大型国际比赛，战胜多名高手获得冠军。第一次世界大战后，一九二一年与埃曼纽尔·拉斯克进行国际象棋世界冠军赛，以四胜十平的不败纪录夺冠，次年又以不败纪录获伦敦大型国际赛冠军。一九二七年败于亚历山大·阿廖欣而失去世界冠军称号。

次于拉斯克①。"

波洛若有所思地点点头。

"那么,你的小脑袋瓜里究竟是怎么想的呢?"他问,"为什么威尔森会被下毒?当然,我猜你一定怀疑死因是毒杀。"

"那是自然。心脏衰竭,意思就是你的心脏停止跳动了。就是这样的。当时医生做出的正式诊断就是这个。可是他在私下里对我们表示,他对这个诊断不太满意。"

"尸检什么时候开始?"

"今晚。威尔森的死亡非常突然。他看上去很正常,而且当时正在移动一颗棋子,然后就突然向前扑倒——死了!"

"极少有毒药表现出这样的发作症状。"波洛说。

"我知道。尸检应该能给我们一点线索。不过为什么会有人想除掉季尔莫·威尔森呢?这是我最想知道的。那个小伙子人畜无害,谦逊有礼,刚从美国来到这里,很明显从未树敌。"

"这有点令人难以置信。"我若有所思地说。

"完全不会。"波洛微笑着说,"我能看出来,贾普有自己的理论。"

"我确实有,波洛先生。我不认为下毒的目标是威尔森,目标应该是另一个人。"

"沙瓦罗诺夫?"

"是的。沙瓦罗诺夫在革命爆发时得罪了布尔什维克党,甚至有报告宣称他已经遭到杀害,而实际上他出逃了,并在西伯利亚度过了艰难的三年逃亡生活。他遭受的苦难实在太过深重,使他变成了一个完全不同的人。他的朋友和熟人都说自己几乎认不

---

①伊曼纽·拉斯克(Emanuel Lasker, 1868-1941),德国国际象棋大师,善于防御。从一八九四年到一九二一年,他连续二十七年蝉联世界国际象棋冠军。

出沙瓦罗诺夫了。他的头发全部变白，整个人看起来就是个苍苍老者。而且他成了半残废，平时很少出门，跟自己的外甥女住在一起。他外甥女叫索尼娅·达维罗夫，住在威斯敏斯特的一间公寓里，家里还有一个俄国男仆。他可能依旧认为自己正被追捕，因此一开始极不情愿参加这场国际象棋对决。他先是二话不说地拒绝了好几次，直到报纸开始对其大肆宣扬，对他'毫无运动精神的拒绝'添油加醋地大书特书，他才终于放弃了抵抗。季尔莫·威尔森用他极具美国特色的固执不断对其挑衅，最后总算如愿以偿。现在我问你，波洛先生，为什么他会那么不情愿？因为他不想吸引注意力。不想让某些人发现他的踪迹。这就是我的结论——季尔莫·威尔森是被误杀的。"

"没有人能从沙瓦罗诺夫的死亡中得到个人好处吗？"

"啊，那就只有他的外甥女了。他最近发了一大笔财，那是戈斯波亚夫人留给他的遗产。那位夫人的丈夫是旧政权时期的糖商，无疑是个富豪。他和那位夫人曾有过一段风流往事，而且她一直拒绝相信他的死亡报告的真实性。"

"比赛是在哪里举行的？"

"在沙瓦罗诺夫自己家里。毕竟正如我刚才所说，他行动不便。"

"很多人去观战了吗？"

"至少有十几个……有可能更多。"

波洛夸张地做了个鬼脸。

"我可怜的贾普，你的任务可不轻松啊。"

"只要我确定了威尔森是被毒杀的，就能开始着手调查了。"

"与此同时，假设你认为沙瓦罗诺夫才是真正受害者的理论是正确的，你有没有想到，凶手有可能再次尝试对他下手呢？"

"我当然想到了。现在就有两个人盯着沙瓦罗诺夫家呢。"

"如果有什么人胳膊底下夹着一捆炸药上门,你的人一定会非常有用。"波洛面无表情地说。

"波洛先生,你开始对这个案子感兴趣了。"贾普笑眯眯地说,"要不要趁着医生开始尸检前,跟我到太平间去看看威尔森的尸体?谁知道呢,搞不好他的领带夹歪了,让你找到什么非常重要的线索,一举解决这个谜案呢。"

"我亲爱的贾普,从晚餐开始到现在,我一直痛苦地压抑着帮你扶正领带夹的冲动。可以吗?啊!现在看起来顺眼多了。是的,我举双手赞同,快带我到太平间去吧。"

我能看出波洛的注意力已经被这个新出现的谜题完全吸引了。他已经太久没有对任何与四魔头不相关的案件表现出兴趣了,因此我很高兴看到他回到从前那个样子。

至于我自己,当我俯视着那具死气沉沉、面容扭曲的尸体时,对这个突然遭遇离奇死亡的无助的美国小伙子生出了深深的同情。波洛仔细检查了尸体。上面没有任何不妥,除了左手上的一小块伤痕。

"医生说那是烧伤,不是划伤。"贾普解释道。

波洛把注意力转向死者口袋里的东西,一名警员将它们摆成一排供他查验。其实没什么好看的:一条手帕、钥匙、装满钞票的钱包,以及一些并不重要的信件。唯有一样东西让波洛表现出了极大的兴趣。

"一颗棋子!"他大喊一声,"一个白象。这是从他口袋里找到的吗?"

"不,被他捏在手里了,我们好不容易才把它给抠出来。这东西以后得还给沙瓦罗诺夫博士。这可是一颗非常漂亮珍贵的象牙棋子。"

"请允许我把它还回去吧。这能让我有个借口去拜访他。"

"啊哈!"贾普大喊一声,"所以你打算参与这个案子的调查啦?"

"我承认,你非常成功地引起了我的兴趣。"

"那很好,能让你从最近的压力中解脱出来。我能看出来,黑斯廷斯上校也很高兴。"

"一点没错。"我笑着说。

波洛又转向那具尸体。

"你还有什么关于……他的小细节没有告诉我吗?"他问。

"应该没有了。"

"甚至关于……他是个左撇子?"

"波洛先生,你真是个奇人。你到底是怎么知道的?他确实是左撇子。虽然跟案子没有什么关系。"

"并没有什么关系。"见贾普有点生气,波洛赶紧赞同道,"那只是一个小玩笑。我就爱对你开这种玩笑。"

最后我们和和气气地走了出来。

第二天早晨,我们到了沙瓦罗诺夫博士在威斯敏斯特的家。

"索尼娅·达维罗夫,"我若有所思地说,"这名字挺好听的。"

波洛猛地站住,嫌弃地看了我一眼。

"你总是忍不住想找点风流韵事!真是无可救药。等会儿发现那个索尼娅·达维罗夫其实是我们的朋友兼劲敌维拉·罗萨科娃女伯爵你就知道错了。"

听到那位女伯爵的名字,我的脸色马上沉了下来。

"波洛,想必你不会真的怀疑……"

"哦,当然没有,那只是个玩笑!我还没被四魔头影响到那个地步,尽管贾普可能不会同意。"

一个长着一张奇怪的扑克脸的男仆给我们开了门。那张木雕一样的脸似乎永远都不可能流露出任何感情来。

波洛把贾普写了几行介绍文字的名片递了过去,我们被领进一个低矮狭长的屋子里,里面装饰着许多窗帘幕布和古玩藏品。墙上挂着一两件令人惊叹的画像,地上铺着精美的波丝绒毯,茶几上摆着一套茶具。

我正在欣赏其中一幅在我看来极具价值的画像,转身看见波洛竟然趴在了地上。就算那张地毯再怎么精美绝伦,我觉得他也没必要对其如此关注。

"那东西有这么好看吗?"我问。

"啊?哦!你说地毯?当然不是,我注意到的并不是地毯。这确实是一件精美绝伦的艺术品,实在过于华美,完全不该被一颗大钉子从正中央穿透。不,黑斯廷斯,"见到我走上前,他补充道,"那颗钉子不见了,但上面的洞还在。"

我听到身后突然传来一个声音,马上转过身去,波洛也格外敏捷地转了过来。原来是一个女孩出现在了门口,她正用猜疑的眼神目不转睛地盯着我们。她身高中等,有一张美丽而阴沉的脸,深蓝色的眼睛,漆黑的短发。当她说话时,声音低沉而圆润,而且听起来一点都不像英语。

"我舅舅可能没法见你们,他行动不太方便。"

"那真是太遗憾了,不知您能否替他帮我一点小忙呢?想必您就是达维罗夫小姐吧?"

"是的,我是索尼娅·达维罗夫。你想知道什么?"

"我想请问,那天晚上的惨剧——季尔莫·威尔森先生的死,究竟是怎么回事。请问您知道些什么吗？"

女孩瞪大了眼睛。

"他死于心脏衰竭……在下象棋的时候发作的。"

"小姐，警方不太相信死因真的是……心脏衰竭。"

女孩明显被吓坏了。

"那就是真的了，"她大声说道，"伊万没说错。"

"伊万是谁？为什么您说他是对的？"

"给你们开门的人就是伊万，他早就告诉我他觉得季尔莫·威尔森不是自然死亡，而有可能是被别人失手毒杀了。"

"失手……"

"是的，凶手本来打算毒死我舅舅。"

她已经把方才的猜疑扔到了一边，语气急切地说着。

"小姐，为什么您会这么说呢？有谁会想毒死沙瓦罗诺夫博士吗？"

她摇了摇头。

"我不知道。对此我毫无头绪。而我舅舅也不愿意信任我。或许这很自然，毕竟他对我并不是很熟悉。我还是个小孩子的时候他见过我，从那以后，直到我来伦敦跟他一起住之前，我们俩就再没见过面。但至少我知道一件事，就是他在害怕什么东西。我们俄罗斯有一些秘密组织，一天我偶然听到了一些事，让我觉得他害怕的可能就是那样的组织。告诉我，先生，"她向前一步，压低了声音，"你有没有听说过一个叫'四魔头'的组织？"

波洛大吃一惊，惊讶得眼睛都快掉出来了。

"您怎么……小姐，你了解四魔头吗？"

"果然有这么一个组织吗！我碰巧听到别人提起了这个组织，然后就去问舅舅了。我从来没见过什么人能那么惊恐。我很肯定,那个美国人,威尔森,是被他们失手误杀的。"

"四魔头……"波洛呢喃道,"到哪儿都是四魔头!这实在是令人惊讶的巧合,小姐,您舅舅现在仍处在危险之中。我必须解救他。现在请您对我准确地复述一遍那天晚上的经过。让我看看棋盘、棋桌,还有两个人的位置,所有细节。"

她走到房间一侧,推出一张小桌子。桌面非常精美,装饰着银色和白色的方块,组成一个棋盘。

"我舅舅几个星期前收到了这个礼物,送礼物的人还请他一定要在下次比赛时使用这张棋桌。当时棋桌摆在房间的正中央。"

波洛花了在我看来毫无必要的心思,无比仔细地检查了棋桌。他并没有提出我心里所想的问题,倒是提了许多听起来毫无意义的疑问,对于真正关键的地方他却不闻不问。因此我猜测,刚才姑娘突然提到四魔头,想必让他一时慌了手脚。

检查完棋桌,并确认了两位棋手当时的位置后,他要求查看棋子。索尼娅·达维罗夫拿来了装棋子用的小盒。波洛漫不经心地拿起其中一两颗瞅了瞅。

"精美绝伦。"他心不在焉地说,却依旧没有询问当时房间里有什么酒水,或有什么人前来观战了。

我意味深长地清了清嗓子。

"波洛,你不觉得——"

他马上打断了我。

"不要思考,我的朋友,把一切都交给我。小姐,不知我能否见到您的舅舅呢?"

她的脸上浮现出一丝微笑。

"是的,他会见你。想必你也明白,我的工作就是先对陌生人进行一番查问。"

她说完就消失了。我听到隔壁传来低声交谈，不一会儿，她走回来示意我们过去。

躺在沙发上的男人让人印象深刻。他身材高大、面容苍白，长着一对浓密的眉毛，胡子雪白，曾经经历过的饥饿和穷困让他形容枯槁。沙瓦罗诺夫博士是个很特别的人。我注意到他的头型修长得诡异。一个伟大的国际象棋大师必须拥有无与伦比的大脑，这我知道。我很容易就能理解沙瓦罗诺夫博士为何是世界上第二伟大的棋手了。

波洛欠了欠身。

"博士，我可以跟您单独谈谈吗？"

沙瓦罗诺夫看向他的外甥女。

"你先出去吧，索尼娅。"

她顺从地走了出去。

"好了，先生，您有什么话要说？"

"沙瓦罗诺夫博士，您最近得到了一大笔钱财。如果您……意外死亡了，谁会继承那笔财产呢？"

"我写了一封遗嘱，把所有财产都留给了我的外甥女，索尼娅·达维罗夫。你该不会认为……"

"我没有任何想法，但您只在外甥女年幼时见过她，任何人都有可能轻易伪装成她。"

沙瓦罗诺夫显然被他的话惊得目瞪口呆。波洛若无其事地说了下去。

"这个就说到这里吧，我只是想提醒您而已。而现在我想让您做的，是向我描述一下那天晚上的比赛。"

"你想让我怎么……描述？"

"我虽然不下国际象棋，但还是知道这种竞技活动有许多开局的套路。开局让棋法,他们是这么说的吧?"

沙瓦罗诺夫博士笑了笑。

"啊!我理解了。威尔森做了个西班牙开局,那是最稳健的开局之一,经常被运用在锦标赛和单项比赛中。"

"当惨剧发生时,你们已经下了多久?"

"应该是在第三手或第四手的时候,威尔森突然趴倒在棋桌上,死透了。"

波洛起身要走,随后看似随意地抛出了最后一个问题,仿佛那一点都不重要,但我知道这是他的戏法。

"他吃过或喝过什么东西吗?"

"我想他应该喝过一杯威士忌加苏打水。"

"谢谢您,沙瓦罗诺夫博士。我就不打扰您了。"

伊万等在门厅里送我们出去。波洛在门口逗留了一会儿。

"下面那层公寓,您知道是谁住在里面吗?"

"是查尔斯·金韦尔爵士,他是一名议员,先生。不过最近那里连同家具一起出租了。"

"谢谢。"

我们走进明媚的冬日阳光中。

"老实说,波洛,"我突然说,"我可不觉得你这次的工作跟往常一样卓越。你提的问题都太不合理了。"

"是吗,黑斯廷斯?"波洛可怜兮兮地看着我,"我确实心烦意乱,没错。那么换作是你,会怎么问呢?"

我小心翼翼地琢磨着波洛的问题,然后开始向他描述我的计划。他似乎很认真地听着。我的独白一直持续到我们快要走到家门口。

"太棒了,太敏锐了,黑斯廷斯。"波洛说着,把钥匙插进锁孔里,让我先上台阶,"可是非常多余。"

"多余!"我惊讶地大喊一声,"如果那个人是被毒杀的……"

"啊哈!"波洛也喊了一声,猛地扑向桌上的留言条,"是贾普写的。跟我想的一样。"他把纸条递给了我。内容简明扼要。法医没发现毒药残留,也无法辨明死者的死因。

"你瞧,"波洛说,"刚才你说的那些问题都是多余的。"

"你早就猜到了?"

"'预测可能的发牌结果'。"波洛引用了我最近花了很多时间研究的桥牌问题,"我的朋友,当一个人能够成功做到这个时,就不叫猜测。"

"别咬文嚼字啦。"我不耐烦地说,"你预见到这个了?"

"是的。"

"为什么?"

波洛把手伸进口袋里,拿出来一颗白象。

"怎么回事?"我大喊道,"你忘了把它还给沙瓦罗诺夫博士了。"

"这你就错了,我的朋友。那颗白象现在仍在我的左边口袋里,这个小家伙是我从达维罗夫小姐好心让我查看的棋盒里拿出来的。所以你刚才说的'它',应该是'它们'。"

他特别着重了最后那个"们"字。我已经完全被搞迷糊了。

"你想拿它做什么?"

"啊,我只想看看它们是不是长得一模一样。"

波洛歪着头,凝视两颗棋子。

"不得不说,看起来确实一样。但我们不能在事实被证明前就妄加定夺。麻烦你,把我的小天平拿过来好吗?"

他小心翼翼地秤了两颗棋子,随后得意扬扬地看向我。

"我对了。你瞧,我对了。没有人能蒙骗赫尔克里·波洛!"

他冲向电话机,然后不耐烦地等待着。

"是贾普吗?啊!贾普,是你啊,我是赫尔克里·波洛。盯紧那个男仆,伊万,绝对不能让他逃脱你们的手掌心。是的、是的,就像我说的那样。"

他用力地放下听筒,随即转向我。

"你看出来了吗,黑斯廷斯?我解释给你听。威尔森不是被毒死的,是被电死的。一根细金属丝穿过了其中一颗棋子。棋桌是事先准备好的,并被放置在了地板上特定的一点。当象被放在某个特定的银色格子上时,电流就会贯穿威尔森的身体,使其当场死亡。他身上唯一的痕迹就是手上被电流烧焦的伤口——他的左手。因为他是左撇子。那张'特殊的棋桌'是个极为精密的装置。我查看的那张棋桌只是复制品,没有一点可疑之处。谋杀发生之后,原来的棋桌马上就被替换成了现在这张。那东西是在楼下的那间公寓里运作的,如果你还记得的话,那里连同家具一起出租了。不过沙瓦罗诺夫的公寓里至少有一名共犯。那女孩儿是四魔头的手下,准备用假身份继承沙瓦罗诺夫的财产。"

"那伊万呢?"

"我十分怀疑伊万就是那位著名的四号。"

"什么?"

"是的。那个人是个天才演员,他能轻松扮演任何角色。"

我回忆起之前的案子,疯人院的看守、肉店的小伙子、温文尔雅的医生,他们都是同一个人,却完全不相像。

"这太神奇了。"我最后说道,"一切都能对上号了。沙瓦罗诺夫察觉到了他们的阴谋,所以才如此不愿意参与那场比赛。"

波洛一言不发地看着我,然后突然走开了,开始满屋子转悠。

"我的朋友,你是否碰巧有一本关于国际象棋的书呢?"他突然问道。

"我应该有一本,放在什么地方。"

虽然花了一点时间,但我最终还是把书找了出来。我把它拿给波洛,他马上坐到椅子上,聚精会神地读了起来。

大约一刻钟后电话响了。我接了起来。是贾普打来的。他说伊万带着一大包东西离开了公寓。他跳上等着的出租车,然后一场追逐战开始了。他明显想甩掉追踪自己的人,最后似乎觉得自己真的甩掉了,便来到了汉普斯特德的一座无人居住的大房子里。那座房子现在已经被包围了。

我把这些情况都告诉了波洛。可他只是盯着我,仿佛没听懂我在说什么。他把国际象棋的书递给我。

"听听这个,我的朋友。这个叫西班牙开局,又名路易·洛佩茨开局。1 P-K4,P-K4;2 Kt-KB3,K-QB3;3 B-Kt5。然后就出现了黑子最佳的第三手。他有众多应法。而白子的第三手导致了季尔莫·威尔森的死亡,3 B-Kt5。唯有第三手……你没有看出什么来吗?"

我根本不知道他想说什么,只好老实告诉了他。

"黑斯廷斯,假设你坐在这张椅子上,听到大门开启和关闭的声音,你会想到什么?"

"我应该会想,有人出门了。"

"是的……但事情总是可以从两个方面进行考虑。有人出去了,有人进来了,这是两个截然相反的事情,黑斯廷斯。但如果你做出了错误的猜测,很快就会出现一些差异,让你意识到自己想错了。"

"这是什么意思,波洛?"

波洛猛地站了起来。

"意思就是,我是个三倍的大蠢材。快,快,到威斯敏斯特的公寓区。我们或许还能赶上。"

我们跳上了一辆出租车。波洛对我兴奋的提问没有做出任何回答。我们冲上台阶,反复按门铃和敲门都没有回应,但仔细一听,我还是能分辨出房间里传出的虚弱呻吟。

后来我们发现门卫处有一把万能钥匙,经过一番苦口婆心的劝诱,他总算同意使用了。

波洛径直走向里屋,一阵氯仿似的气味扑面而来。索尼娅·达维罗夫躺在地上,手脚被捆,并被堵住了嘴巴,口鼻上还贴着一叠浸湿的药棉。波洛将药棉撕开,想办法把她弄醒。不一会儿,一名医生来了,波洛把她交给医生,然后跟我站到了一旁。房间里没有沙瓦罗诺夫博士的踪影。

"这到底是怎么回事?"我困惑不已。

"这意味着在两个同样的推理面前,我选择了错误的那个。你还记得我此前说过,由于沙瓦罗诺夫多年没见过自己的外甥女,因此任何人都可以轻易假扮成索尼娅·达维罗夫吧?"

"然后呢?"

"嗯,当然这个假设翻过来也能成立。同样的,任何人也可以轻易地假扮成她的舅舅。"

"什么?"

"沙瓦罗诺夫确实在革命爆发时死了。那个假装逃脱、经历了千难万险的人,那个变化如此之大、连'他的朋友都几乎认不出他来'的人,那个成功获得了一笔巨大遗产的人……"

"嗯,他是谁?"

"四号。难怪他知道索尼娅不小心听到他私底下提到'四魔头'时会如此惊恐。可是，他又一次从我的指缝中逃脱了。他猜到我最终会得出正确的结论，于是他把老实忠厚的伊万派出去带着警方白忙活一场，用氯仿药倒了女孩，然后走出门去。现在，无疑他已经把戈斯波亚夫人留下的绝大部分遗产掌握在手中了。"

"可是……那到底是谁要杀他？"

"没有人要杀他。威尔森从一开始就是真正的目标。"

"为什么？"

"我的朋友，沙瓦罗诺夫是世界上第二伟大的国际象棋大师，可是四号有可能连国际象棋最基本的常识都不清楚，他当然不可能在任何比赛中不露马脚。于是他想尽一切办法逃避那场比赛。当他的尝试失败后，威尔森的末日就注定了。他无论如何都不能让人知道现在这个伟大的沙瓦罗诺夫连象棋都不会下。威尔森很喜欢用西班牙开局，并且一定会在比赛中使用。四号把他的死亡安排在了第三手，以免引发任何复杂的情况。"

"可是，我亲爱的波洛，"我追问道，"难道我们在跟一个疯子过招吗？我很明白你的解释，也认为你一定是对的，可是单纯为了保护自己的伪装而杀死一个人！他一定能找到更简单的方法来回避那种情况吧？他完全可以借口医生不允许他参加比赛，以免给身体造成负担。"

波洛皱起了眉。

"毫无疑问，黑斯廷斯，"他说，"确实有别的方法，但说服力都不够。另外，你的出发点是应该尽量避免杀人，不是吗？而对四号来说却不是这样的。我站在了他的立场上思考，这是你不可能做到的。我模拟了他的思维过程。他很享受在比赛中充当大师的感觉，他肯定事先参观过一些棋赛，以学习他的角色。他皱着眉头静坐，陷入沉思之中，他让人误以为自己在思索绝妙的手段，与此同时也在心中兀自大笑着。他很清楚自己只能走头两手，这也是他需要知道的所有路数。同时，四号也会倾向于预测最适合自己的时间……哦，是的，黑斯廷斯，我开始理解我们的这位朋友以及他的心理了。"

我耸耸肩。

"好吧，我猜你是对的，但我还是无法理解为什么会有人主动去冒一个轻易可以回避的风险。"

"风险！"波洛嗤笑一声，"你觉得风险在哪里？难道贾普能解决这个问题吗？不。如果四号没有犯那个小小的错误，他就不会面临任何风险。"

"他犯了什么错误？"尽管我已经能猜到答案了，但还是问了一句。

"我的朋友，他低估了赫尔克里·波洛和他小小的灰色脑细胞。"

波洛当然有许多美德，可谦虚却不在其中。

第十二章 带诱饵的陷阱

一月中旬,一个典型的伦敦冬日,潮湿而肮脏。波洛和我分别坐在紧挨着壁炉的椅子上。我发现我的朋友正露出古怪的微笑看着我,我实在猜不出那个微笑的含义。

"你在想什么呢?"我故作轻松地问。

"我的朋友,我在想,在那个仲夏的日子里,你刚回到英国,还告诉我只打算在这里待一两个月。"

"我说过吗?"我十分尴尬地问,"我都不记得了。"

波洛的微笑更灿烂了。

"你确实说过,我的朋友。不过后来你就改变想法了,是不是?"

"呃……是的,没错。"

"为什么呢?"

"见鬼,波洛,难道你以为我会在你招惹上像四魔头那样的组织时丢下你一个人不管吗?"

波洛轻轻点头。

"正如我所料。你是个忠实的朋友,黑斯廷斯。你留在这里是为了帮助我。而你的妻子,我知道你管她叫小辛德瑞拉,她怎么说?"

"当然,我还没对她说细节,但她理解我。因为她最不希望我扔下自己的兄弟不管。"

"是的,是的,她也是个无比忠实的好朋友。但这可能要花很长时间。"

我十分沮丧地点点头。

"已经六个月了。"我若有所思地说,"可是我们走到了哪里?你知道吗,波洛,我总是忍不住想,我们应该……呃,做点什么。"

"黑斯廷斯,你总是如此充满活力!那你究竟想要我做什么呢?"

这是个棘手的问题,但我并不打算退缩。

"我们应该展开攻势,"我急切地说,"这段时间我们都干了些什么?"

"比你想的要多,我的朋友。毕竟我们已经辨明了二号和三号的身份,也了解了不少四号的手段和思维。"

闻言,我稍微高兴了一些。照波洛的说法,其实情况不算太糟。

"哦!是的,黑斯廷斯,我们已经做了很多事情。确实,我没有能力指控赖兰和奥利维叶夫人,谁会相信我呢?你还记得我曾经一度把赖兰逼上绝路吗?不管怎么说,某些组织已经接受了我的怀疑,而且是最高层的组织。奥尔丁顿勋爵,他在失窃的潜水艇计划中得到了我的帮助,并且对我所掌握的有关四魔头的信息完全认同。在别人可能怀疑的情况下,他选择了相信。赖兰和奥利维叶夫人,以及李长岩等人固然可以逍遥法外,但始终有人监视着他们的所有行动。"

"还有四号呢?"我问。

"正如我刚才所说,我已经开始熟悉并了解他的手段了。你可以笑，黑斯廷斯，但要看穿一个人的个性，知道他在什么情况下会做出什么样的行动，这就是成功的曙光。这是我们之间的一场对决，他在不断地向我暴露自己的心理，而我却一直在试图尽量或彻底隐藏我的心理。他在明处，我在暗处。我告诉你，黑斯廷斯，我的低调会让他们对我越来越恐惧。"

"但他们也没怎么管我们，"我指出，"没有人再企图杀死你，也没有任何人伏击我们。"

"对。"波洛若有所思地说，"老实说，这也让我很是吃惊。尤其是现在有一两个方法明显能够轻易地重创我们，而且他们没有理由想不到。你懂我的意思吗？"

"一台可怕的机器吗？"我孤注一掷地胡乱猜测道。

波洛响亮地咂了一下舌头，看起来极其不耐烦。

"当然不是！我真是佩服你的想象力，你只能想到壁炉里装炸弹那种粗俗的东西。好吧，好吧，我需要走走，尽管天气不太好，我也要出去散散步。抱歉，我的朋友，难道你能同时阅读《阿根廷的未来》、《社会之镜》、《畜牧业》、《深红色的线索》和《落基山脉的运动》这几本书吗？"

我大笑起来，并承认目前只有《深红色的线索》这一本书得到了我的关注。波洛伤心地摇起了头。

"那就把其他书放回书架上吧！我从来、从来都没见过你遵循任何秩序和方法。我的上帝，你觉得书架是用来干什么的？"

我谦虚地表示了歉意。波洛把那些碍眼的书籍全部放回原位后，就把我一个人留在家中安静地享受我的阅读乐趣了。

不过我必须承认，当皮尔逊太太敲响房门时，我已经快要睡着了。

"上校，有您的一封电报。"

我并没有什么兴致地拆开了橙色信封。

然后我仿佛变成了一尊雕像。

是布朗森，我在北美那座牧场的经理发来的电报，上面写着这样的内容：

> 黑斯廷斯夫人昨天不见了，极有可能是被自称四魔头的黑帮绑架。已通知警方，目前尚无线索。布朗森。

我把皮尔逊太太打发出去，一动不动地坐着，把电报看了一遍又一遍。辛德瑞拉——被绑架了！她在那个臭名昭著的四魔头手上！上帝，我该怎么办？

波洛！我必须找到波洛。他会给我建议。他会把他们将死。再过几分钟他就回来了。我必须耐心等待。可是辛德瑞拉……她在四魔头手上啊！

敲门声又响了起来，皮尔逊太太再次探头进来。

"上校，您的一份留言，是一个异教徒中国人送来的。他在楼下等着。"

我接过留言。内容简洁明了。

> 如果你还想见到你妻子，马上去找送留言的人。不准给你那个朋友留下任何信息，否则你的妻子就要遭罪。

纸条上签了一个大大的"4"。

我到底该怎么做？你们站在我的立场上，又会怎么做？

我没有时间思考。我只能看到一个事实——辛德瑞拉落到了恶魔的手掌中。我必须服从……我绝不敢冒险让她伤了一丝一毫。我必须跟着楼下的中国人走。这是个圈套，没错，而且还意味着囚禁或许死亡。但这个圈套里的诱饵却是我的整个世界，因此我不能犹豫。

最让我感到烦恼的是，我无法给波洛留下任何信息。只要能让他知道我的踪迹，一切就好办了！我敢冒这个风险吗？很明显，没有人在监视我，但我还是犹豫了。楼下的中国人极有可能主动上来确保我没有违背任何一条指令。为什么不呢？他的不作为让我更加怀疑了。我见识了四魔头的这么多能耐，认为他们几近超能。说句老实话，连那个邋邋遢遢的小女佣都有可能是他们的人。

不，我不敢冒这个险。但我能做一件事情，那就是把电报留下。届时他就会知道辛德瑞拉失踪了，以及谁是罪魁祸首。

这些想法飞快地闪过我的脑海，与此同时我已经戴上了帽子，走向等在楼下的人，没多花一点时间。

送信人是个高大冷漠的中国人，穿着整齐但略显破旧。他对我欠了欠身，开始说话。他的英语非常好，但语调有点平板。

"你是黑斯廷斯上校？"

"是的。"我说。

"请把纸条给我。"

我已经预料到了这个要求，便一言不发地把纸条递了过去。但事情还没结束。

"你今天收到了一封电报，对吧？刚刚到的？从南美，没错吧？"

我再次意识到了他们的谍报活动有多么出色。或许那仅仅是个精明的猜测，布朗森肯定会给我发电报。他们会等到电报到达，然后趁势出击。

否认显而易见的真相没有任何好处。

"是的,"我说,"我确实收到了一封电报。"

"把他拿来,好吗?现在就把他拿来。"①

我咬紧牙关,可是现在的我能做什么呢?我重新回到楼上。与此同时,我也想到是否要对皮尔森太太说一声,至少提一下辛德瑞拉的失踪。她在楼梯转角站着,可是身后不远处就是那个小女佣,于是我犹豫了。如果她真的是内奸——那几个字从我眼前闪过:……她就要遭罪……我一言不发地走进了起居室。

我拿起电报,正要重新走出去,突然有了主意。我是否可以留下一些对敌人来说毫无意义,但波洛却能看出其中重要性的线索呢。我赶紧走向书架,拽出四本书扔在地上。我一点都不担心波洛看不到它们。这些书无疑会马上吸引他的目光,而鉴于刚才他那番小小的演讲,他必定会认为这很异常。紧接着,我又往火里添了一铲煤,并故意漏了四块在壁炉里面。我已经尽我所能了,上帝保佑波洛能正确读取我留下的信息。

然后我再次快步走下楼去。中国人接过电报,读了一遍,然后放到自己的口袋里,点点头示意我跟他走。

他领着我走了一段漫长而令人厌烦的路。上了一辆公共汽车,坐着有轨电车走了很长的一段路。我们的路线一直向东,经过了可疑的街区,我甚至做梦都没想到有这种地方存在。最后我们来到了码头,我知道,而且我意识到自己正被带到中国城的中心区。

我忍不住颤抖起来。而我的向导依旧艰难地向前行进,在糟糕的街道和小径中穿行,直到最后他停在了一座破烂的房子前,

---

①原文就用"him"指代"电报",可能意在表示中国人说的英语有点蹩脚。

在门上敲了四下。

马上另一个中国人来开了门,他站到一边让我们走进去。大门在我背后关闭的声音成了我最后一丝希望的丧钟。我真的落到了敌人的掌中。

我被交到另一个中国人手上。他带着我下了几道摇摇晃晃的楼梯,走进一个装满了酒桶和包袱的地下室,那些东西散发出刺鼻的气味,闻起来像某种东方香辛料。我感觉自己被东方的气氛紧紧包围了,委婉、狡诈、阴险……

我的向导突然滚出去两个酒桶,墙上立刻出现了一个低矮的隧道。他示意我走进去。隧道有点长,而且过于低矮,不足以让我直起身子。不过它渐渐拓宽成一条小径,几分钟后,我们来到了另一间地下室。

带领我的中国人走向前,在其中一面墙上敲了四下。整面墙都开始移动,露出一个狭窄的入口。我走了进去,随后惊讶地发现自己来到了一个类似《一千零一夜》里的宫殿里。这是一个低矮狭长的洞穴,里面挂满了华美的东方丝绸,照明都充满异国气息,空气中还飘荡着香氛和香料的气味。这里有五六张覆盖着丝绸的贵妃床,地上铺着精美的手工编织的中国地毯。房间最深处有个被门帘遮挡的小密室。门帘后面传来一个声音。

"你把我们尊贵的客人带来了?"

"阁下,他来了。"我的向导回答道。

"让客人进来吧。"那个声音说。

与此同时,门帘被看不见的手拉开了。我的眼前出现了一个摆满了软垫的贵妃床,上面坐着一个高大瘦削的东方人,披着华丽的刺绣长袍。从他指甲的长度来看,明显是个极为尊贵的人。

"请坐,黑斯廷斯上校,"他对我挥了挥手,"你答应了我的请求立刻前来，对此我感到十分高兴。"

"你是谁？"我问，"李长岩？"

"当然不是，我只是老爷忠实的仆从。我负责执行他的命令，仅此而已。正如他在其他国家的仆从一般。例如南美。"

我上前一步。

"她在哪里？你们对她做了什么？"

"她在一个安全的地方，没有人能找到她。当然，她暂时毫发无损。你明白我说的话吗——暂时！"

我盯着眼前的这个微笑的恶魔，感到背后一阵战栗。

"你想要什么？"我大声说，"钱？"

"我亲爱的黑斯廷斯上校，我向你保证，我们对你那点微薄的积蓄毫无兴趣。原谅我的直白，但这真的不是你能说出的最聪明的话。若是换做你的同伴，他一定不会这样说。"

"我猜也是，"我缓慢地说，"你想让我落入你们的圈套。好吧，你们成功了。我自愿来到了这里。要杀要剐随你的便，但要放她走。她什么都不知道，对你们不可能有任何用处。你们利用她来控制我，现在我已经在这里了，事情就算结束了。"

微笑的东方人摸了摸光滑的脸颊，眯缝着眼睛斜睨着我。

"你的结论下得太早了，"他柔声说道，"那并不算……结束了。事实上，你所说的'控制你'并非我们的目的。我们的真正目的，是通过你控制你的朋友，赫尔克里·波洛先生。"

"那恐怕你们是做不到的。"我短促地笑了一声。

"我的提议是，"那个人继续说了下去，仿佛没听到我刚才的话，"你给赫尔克里·波洛先生写一封信，告诉他赶紧过来，和你一起。"

"我绝不会做那种事的。"我愤怒地说。

"你拒绝的后果可是很严重的。"

"去你的后果。"

"有可能涉及死亡!"

我感到背后窜过一阵冰冷的恐惧,但还是强装出大胆无畏的表情。

"威胁我、压制我都没有用。把你的鬼把戏都留给那些中国懦夫吧。"

"我的威胁绝无虚假,黑斯廷斯上校。我再问你一次,你会写那封信吗?"

"我不会,此外,你绝对不敢杀了我,因为警察很快就会盯上你。"

我的谈话对象迅速地拍了拍手,两名中国随从突然不知从哪里冒了出来,一左一右地把我牵制住了。他们的主人飞快地说了几句中文,然后那两个人就拖着我走到大房间的一个角落里。其中一个停了下来,我脚下的地板突然毫无征兆地陷了下去。若不是那两个人还拽着我的手臂,我肯定已经掉进了脚下那个幽深的地缝里。下面一片漆黑,我还能听到流水声。

"河。"那个坐在贵妃椅上的人再次开口,"好好想想,黑斯廷斯上校。如果你再次拒绝,就会头也不回地坠入深渊,在深不见底的河中迎接死亡。所以,我再问你最后一次,你会写那封信吗?"

我并不比一般人勇敢多少。我很坦诚地承认我害怕死亡,简直怕得要死。这个中国恶魔是认真的,我很肯定这一点。他真的会面不改色地送我离开这个美好的世界。尽管如此,我还是用难以抑制轻颤的声音回答。

"我最后一次告诉你,不!去你娘的信!"

紧接着,我本能地闭上眼睛,做了个短促的祈祷。

第十三章 自投罗网

人生中极少能遇到与死亡面对面的时刻，但当我在那个伦敦东部的地下室里说出那些话时，十分确定那将是我在世界上留下的最后的话语了。我已经做好了准备，甘愿坠入脚下那条黑暗湍急的河流，并迎接随之而来的令人窒息的恐惧。

但让我惊讶的是，身后竟传来一阵低沉的笑声。我睁开眼睛，贵妃床上的人对我身边的两名看守打了个手势，他们把我带了回去。

"你是个勇敢的人，黑斯廷斯上校。"他说，"我们东方人很欣赏勇敢。老实说，我早就想到你会做出这样的举动，这让我们不得不转入第二幕了。你已经勇敢直面了自己的死亡，那么你能面对他人的死亡吗？"

"你什么意思？"我声音嘶哑，心中油然升起极端的恐惧。

"想必你并没有忘记，我们手上有那位女士——花园里的娇艳玫瑰。"

我哑口无言，只能一脸痛苦地看着他。

"黑斯廷斯上校，我认为你会写那封信。你瞧，我这会儿正要发一封电报呢，电报的内容由你决定。而那个内容，就是你妻子的生死。"

我的额头上出了一层冷汗。可他的折磨依旧没有停下，脸上还带着友善的微笑，冷静而沉着。

"瞧，上校，我把钢笔都准备好了，你只需要写几个字。否则……"

"否则？"我反问道。

"否则，你深爱的那位女士就会死——缓慢地死去。我的主人，李长岩，在闲暇时酷爱发明最新最巧妙的酷刑……"

"上帝！"我大喊一声，"你们这些恶魔！不行……你不会那样做的……"

"需要我向你描述一下他的几样发明吗？"

他无视了我的大声反对，兀自沉着而流畅地继续说了下去，直到我惊恐地大叫，捂住了自己的耳朵。

"看来这样就足够了。现在请你拿起笔来写信吧。"

"你绝对不敢……"

"你的想法实在太愚蠢了，这你自己也很清楚。拿起笔来，写信。"

"如果我写了……"

"你的妻子就会被释放。我会马上派人发电报过去。"

"我怎么知道你会守信用？"

"我以我的祖坟发誓。另外，你自己想想，我为什么要伤害她？只要将她扣押着，我就能达到目的了。"

"那……波洛呢？"

"我们会将他软禁，直到完成计划，然后我们就放他走。"

"这个你也会以你的祖坟发誓吗？"

"我只会对你发一次誓。这就够了。"

我的心猛地一沉。我在背叛自己的朋友——为了什么？我犹豫了片刻，紧接着，那可怕的后果便如同噩梦般浮现在我的眼前。辛德瑞拉，在这些中国恶魔的手上，被缓缓折磨至死……

我痛苦地呻吟了一声，拿起了笔。如果用词巧妙，我或许能传达出警告的意味，这样波洛就能躲过圈套。这是我唯一的希望了。

可是很快，我连这最后的希望都破灭了。那个中国人突然提高了音量，殷勤而有礼。

"请允许我向你口述。"

他顿了顿，翻看了身边的几张笔记，随后口述了信的内容：

> 亲爱的波洛，我认为自己找到了四号的踪迹。今天下午来了一个中国人，用假消息把我骗到了这里。幸运的是，我及时看穿了他的诡计，并假装上了钩。随后我扭转了局势，反过来跟踪了他一段路——我要自夸地说，非常成功。我拜托一个年轻开朗的小伙子把这封信带给你，给他几个便士做跑腿费，好吗？我答应他只要能平安地把信送到地方就给他的。我正在监视这座房子，不敢离开。我等你到六点，如果你没来，那我就自己想办法进去。这个机会实在太难得了，当然，那个小伙子也可能找不到你。如果他真的找到了，就让他马上带你过来。对了，记得把你那宝贵的小胡子想办法藏起来，免得有人从窗户里张望时认出你来。
>
> 草草不宣
> A.H.

我每写一个字就陷入更深的绝望中，这封信实在聪明得堪称残忍。我这才意识到我们俩的生活细节已经暴露到了何等地步，这封信看上去就像是我写出来的。信中提到那个中国人下午来把我"骗走了",我留下的四本书的"暗号"就这样失去了意义。这确实是个圈套,还被我识破了,波洛一定会这么想。连时间都安排得非常巧妙。波洛收到信后要想及时赶到这里,就根本没时间产生足够的怀疑。而且我知道,他一定会来的。我决定独自一人闯入会让他的行动更加迅捷。他总是对我的能力表现出不可思议的怀疑,他会认定我这是飞蛾扑火的行为,并且会立刻赶过来控制局势。

虽然明知这些,我却无能为力。我只能一字一句地照抄下来。我的囚禁者从我手上拿走信纸,读了一遍,随后赞赏地点点头,把信交给了一位沉默的仆从。只见那人消失在了一块丝绸门帘后面。

面对我的人微笑着拿起一张电报纸,写了几个字,随后递给我。

上面写着:马上释放那个白人娘们儿。

我长出了一口气。

"你会马上发出去吗?"我追问道。

他笑了笑,随后摇摇头。

"等赫尔克里·波洛先生落到我的掌心里它才会被发出去。否则就不。"

"可你答应了……"

"如果这个计划失败了,我们就还需要那个白人娘们儿……来说服你继续为我们提供帮助。"

我气得面无血色。

"上帝!如果你——"

他挥了挥修长瘦削的黄色手掌。

"放心,我不认为这个计划会失败。只要赫尔克里·波洛先生一到这里，我就会遵守我的誓言。"

"如果你敢愚弄我……"

"我已经用先祖的名誉发誓了，你无须担心。现在在这里休息一会儿，我的仆人们会在我离开时伺候你的。"

我被留在了这个位于地底的奢华巢穴中。两名中国仆人出现了，其中一个给我带来了水和食物，但我把他们打发走了。我感到恶心，打从心底里感到恶心。

然后，那个主子突然回来了，穿着他的丝绸长袍，显得身材颀长而庄重。他发出指令，我被拽回到了外面的酒窖里，又沿着刚才那条通道回到了进来的那间房子中。他们把我带进一楼的某个房间里。这里的窗户都被遮起来了，只有一扇窗户上有条缝，能看到外面的街道。一个衣衫褴褛的老人正在路的另一头缓缓行走，我看见他冲着窗户打了个手势，马上明白过来他是帮派里负责巡视的人。

"很好。"我的中国朋友说，"赫尔克里·波洛落入了我们的圈套。他正往这边赶来，除了带领他的小伙子，没有任何人陪伴。现在，黑斯廷斯上校，你还有最后一个任务。除非你出现，否则他绝不会进入这栋房子。当他到达对面时，你必须走到外面的台阶上，叫他进来。"

"什么？"我大声抗议。

"你必须配合。记住失败的代价，如果赫尔克里·波洛产生任何怀疑，从而拒绝进入这栋房子，你的妻子就会被慢慢折磨到死！啊！他来了。"

我的心跳得飞快，还感到一阵阵难以忍受的恶心。顺着窗户上的裂缝，我看到街对面有个身影正向这里走来。我一眼就认出那正是我的朋友，虽然他竖起了大衣领子，还用一条厚重的黄色围巾遮住了半张脸。可他的步子,还有那颗鸡蛋头,无论到哪儿我都不可能认错。

那正是对我的话信以为真、不带一丝怀疑便前来协助我的波洛。他旁边还跟着一个典型的伦敦街头少年,衣衫褴褛、蓬头垢面。

波洛停了下来,朝这边看了一眼。与此同时,男孩急匆匆地对他说了几句话,还抬手指了指。现在该我上场了。我走到大厅,高个子中国人打了个手势,其中一个仆人打开了门。

"牢记失败的代价。"我的敌人压低声音对我说。

我走到门口的台阶上,冲波洛招手。他匆忙赶了过来。

"啊哈!看来你一切都好啊,我的朋友。我刚才已经开始感到焦虑了。你进去了吗?莫非里面是空的?"

"是的。"我压低声音,极尽所能表现得自然,"那里面肯定有秘密逃生通道,进来跟我一起找找吧。"

我重新走进门内,波洛想也没多想就要跟着我走进来。

紧接着,一个想法突然进入我的脑中,我实在太清楚自己所扮演的角色了——我就是犹大。

"退后,波洛!"我大喊道,"为了你的性命,快走。这是个圈套,别管我了,马上离开。"

当我嘶吼着警告时,一双手如同铁钳般把我拉住了。其中一个中国仆人从我身边冲出去,想抓住波洛。

我眼看着他往后一跳,举起双臂。我感到周围突然笼罩了一层厚重的烟雾,让我无法呼吸,试图夺去我的生命……

我感到身体在坠落——窒息——这就是死亡……

我缓慢而痛苦地醒来,所有感官都不清楚。第一个出现在我眼前的是波洛的脸。他面对着我坐着，一脸忧虑地看着我。当他发现我回应了他的目光时，高兴地喊了一声。

"啊，你醒了！你恢复意识了。太好了！我的朋友，我可怜的好朋友！"

"这是哪里？"我忍着痛说。

"哪里？当然是我们家啊！"

我看了看自己的周围。果然，一切都如此熟悉。壁炉里还躺着我故意扔进去的四块煤。

波洛顺着我的目光看了过去。

"没错，你的主意确实很机智，包括那些书。下次如果有人对我说'你那个叫黑斯廷斯的朋友，他脑子可不太聪明吧'，我一定会告诉他们：'你们错了。'你想到的主意十分绝妙。"

"那你看懂我的意思了？"

"你以为我是蠢货吗？我当然看懂了。它们给了我足够的警示，让我有时间完善自己的计划。四魔头想办法把你给带走了，为什么呢？肯定不是因为你美丽的眼睛，同样不会是因为他们害怕你，想除掉你以绝后患。不，他们的目的很明显。你将会是引诱伟大的赫尔克里·波洛上钩的诱饵，我早已预料到这种情况了，也私下里做了些准备。没过多久，信使果然出现了——还是个看似无辜的街头少年。我没说什么，而是匆匆跟着他走了，非常幸运的是，他们允许你走到门外来，那是我唯一的担忧。我担心自己将不得不把他们——除掉才能找到你被关押的地方，担心自己事后将不得不四处寻找你的所在，说不定还会是一场徒劳。"

"你刚才说……除掉他们？"我略显无力地说，"单枪匹马？"

"哦，那可不是需要动用许多脑筋的事。只要准备充足，一切就很简单了——这不是童子军的座右铭吗？而且是则很好的座右铭。我，是做好了充足准备的。不久以前，我为一个非常出名的化学家做了点小事，他在战时为毒气研究做了不少贡献，他向我推荐了一种炸弹——简单而轻便。只要把它扔出去，噗，浓烟就冒出来了，紧接着所有人都会失去意识。随后我立刻吹响了哨子。早在那个男孩来送信前，贾普就派了几个聪明的下属来监视这里的情况了，后来又一路跟着我们到了莱姆豪斯①。他们听到我的哨声，马上就跳出来控制了局面。"

"可你是怎么保持清醒的？"

"这又是一个小小的奇迹。我们的朋友，四号——那封用词巧妙的信明显就是他的设计——用我的小胡子开了个玩笑，这就让我能轻易地用一条黄色围巾掩饰自己的防毒面罩了。"

"我想起来了。"我急切地说着，但伴随着"想起来"这个词，所有可怕的记忆也一口气全都涌了出来。辛德瑞拉……

我痛苦地呻吟着倒下了。

我似乎再次昏迷了一小会儿，醒来时发现波洛正往我的嘴里灌白兰地。

"怎么了，我的朋友？你到底怎么了？告诉我。"

我一字一顿地说出了所有事实，无法控制全身的颤抖。波洛惊叫一声。

"我的朋友！我的好朋友！对你来说那该是多么痛苦的折磨啊！而我对此却一无所知！但是你放心！一切都很好！"

"你是说你会找到她？可她在南美啊。等我们赶到那里……她可能早就死了。天知道她会死得多么凄惨。"

"不，不，你没有明白。她很好，很安全。她从来没有落入

---

①莱姆豪斯（Limehouse）是中国城所在的区域。

到四魔头的掌心。"

"可布朗森发给我的电报是怎么回事？"

"不，不，这你就错了。你是接到了一封来自南美、署名布朗森的电报，但那是截然不同的。告诉我，难道你从没想过，像四魔头那样势力范围遍布全世界的组织，若想利用你深爱的女孩辛德瑞拉来威胁我们，是一件易如反掌的事情吗？"

"不，我从来没想过。"我回答。

"但我想到了。我一直没对你说，是不想给你带来毫无必要的压力——但我私底下做了些动作。你妻子写来的信看上去都是从你们的牧场寄出来的，而实际上，这三个月，她一直住在我为她准备的安全住所。"

我盯着他看了许久。

"你确定？"

"啊哈！我就知道。他们用一个谎言折磨了你！"

我转过头。波洛抬起一只手按在我的肩膀上，他声音里带着某种陌生的情绪。

"我知道你不喜欢我拥抱你或表现出同情，我很清楚。因此我会尽量保持英伦的风度。我不会说什么——一句话都不会说。可唯有这个我要告诉你——在这次冒险中，所有荣誉都属于你，而我则是最幸运的人，因为我有你这样一个朋友！"

第十四章 冒牌金发女郎

波洛对中国城里的那栋房子发起的炸弹袭击结果让我非常失望。首先，帮派的首领逃脱了。当贾普的人听到波洛的哨声冲进去时，只找到了四个失去意识的中国人，而唯独那个用死亡对我进行威胁的人不在其中。后来我记起，当我被迫走到门口台阶上引诱波洛进屋时，那个人一直待在后方。由此可以猜到，他远在炸弹的影响范围之外，并利用我们后来在里面发现的许多出口中的一个成功逃离了。

抓到的那四个人没能提供任何有用的信息，警方进行的全面调查也无法将他们与四魔头联系起来。他们都是住在那一街区的普通贫民，听到李长岩这个名字也没有表现出任何反应。他们异口同声地说，一位中国来的老爷把他们聘到那座河边的房子里干活，而他们对那位老爷的私事一无所知。

第二天，除了一丝轻微的头痛，我已经算是完全从波洛制造的瓦斯爆炸的冲击中恢复过来了。我们一道去了中国城，又把那座房子搜查了一遍。整栋房产有两座摇摇欲坠的房子，由一条地下通道相连。两座房子的一楼和二楼都是空荡荡的，破碎的窗户上挂着腐朽的百叶窗。贾普已经搜查过地窖，并找到了一个入口，通往我曾经在里面度过了备受煎熬的半个小时的地下室。进一步的调查证实了我头天晚上的印象，墙上的丝绸帘子、沙发，以及地上铺的地毯都出自技巧最高超的工匠之手。尽管我对中国艺术了解不多，但还是能看出房间里的每样艺术品都价值连城。

在贾普及其手下的帮助下，我们对那里进行了一番地毯式的搜查。我本来希望能够找到某些重要文件，比如四魔头的一些重要下属的名单，或关于他们某些计划的暗号表，但我们却一无所获。我们在房子里只找到了一张纸，就是那个中国人在对我口述给波洛写的信件内容时参考的纸条。那上面写着我们最为详细的履历，对我们的性格评估，以及最可能影响到我们的弱点。

波洛对这一发现表现出了近乎孩子气的欣喜。但对我个人而言，实在看不出有什么用处，尤其是写纸条的人在某些看法上犯了非常荒谬的错误。回到家后，我向我的朋友指出了这一点。

"我亲爱的波洛，"我说，"现在你知道敌人眼中的我们是什么样的了。他似乎过分夸大了你的头脑，同时过分轻视我的。只是我不太明白，知道这些对我们到底有什么好处。"

波洛的窃笑让我有点恼怒。

"你没看出来吗，黑斯廷斯？现在我们已经通过这些纸条知道了自己的弱点，自然就可以提前准备好应对他们的攻击的方法。举个例子吧，我的朋友，现在我们都意识到你必须三思而行。此外，如果你下次再发现一个红发的年轻女性遇到麻烦，你应该对她——你是怎么说的来着？持怀疑态度。"

那些纸条上提到了可能令我产生冲动的因素，甚至荒唐地提出我比较难以抵抗某种颜色头发的年轻女性的魅力。我认为波洛的话简直太糟糕了，但幸运的是，我很快就想到了如何回击。

"那你又如何呢？"我问道，"你是不是也准备治治你那'过度的自负'？还有你'近乎病态的整洁'？"

我引用了纸条上的话。听到我的反驳，他明显很不高兴。

"哦,毫无疑问,黑斯廷斯,他们在某些方面被蒙蔽了双眼。很好!他们很快就会得到教训的。与此同时,我们也得到了一些信息,它能够使我们更强大。"

这是他这段时间最喜欢说的话,喜欢到我一听就会觉得厌烦的程度。

"我们知道了一些事情,黑斯廷斯。"他继续道,"是的,我们知道了一些事情——这是好事。可我们手头的信息还不够多,我们还需要更多信息。"

"怎么去找?"

波洛重新坐了下来,仔细摆好被我随意扔在桌上的火柴,摆出了那个我再熟悉不过的图案。我知道,他要开始滔滔不绝了。

"你瞧,黑斯廷斯,我们不得不面对的是四个敌人,也就是四种不同的个性。我们从未跟一号有过直接对峙,很明显,我们知道他的存在,但这仅停留于对他的思维的认识。顺带一提,黑斯廷斯,我可以告诉你,我已经开始把握到他的思维了,那是最为微妙而具有东方特色的思维。我们目前为止遭遇的每一个诡计和阴谋都来自于李长岩的大脑。二号和三号拥有的力量如此强大、如此高高在上,以至于我们的攻势目前对他们来说是不痛不痒的。尽管如此,保护着他们的盾牌也能保护我们。他们完全处在聚光灯下,每一步行动都必须有所计划。然后,我们就要谈到那个组织里的最后一名成员——那个被称为四号的人。"

波洛的语气一变,正如他平时提到某个特定的人那般。

"二号和三号之所以能成功,之所以能毫发无伤地逃脱,主要是由于他们的恶名,以及他们的地位。可是四号能成功的原因却完全相反——他的成功源于他的身份不明。他是谁?没有人知道。他长什么样?也没有人知道。我们见过他多少次了?五次,对不对？尽管如此，我们真的能毫不犹豫地断言，下次见到他时绝对能认出他来吗？"

我回忆起那五个不同的人，他们竟都是由同一个人扮演的，这让我不得不摇了摇头。高大结实的精神病疗养院看守；巴黎那个把大衣扣子全部扣起的男人；詹姆斯，那个男仆；黄茉莉一案中低调的年轻医生，以及那个来自俄罗斯的教授。他们看起来没有一点相似之处。

"不，"我绝望地说，"我们没有任何可以用来辨认的信息。"

波洛微笑起来。

"我恳请你不要表现得如此绝望。其实我们还是知道一些事情的。"

"什么事情？"我难以置信地问。

"我们知道他是个中等身材、肤色中等或偏白的男人。如果他是个高个子或皮肤黝黑，是无论如何都不可能假扮成那个苍白矮壮的医生的。当然，要增高一两英寸，假扮成詹姆斯或教授对他来说再简单不过了。同理，他还必须长着一个挺直的短鼻子。高超的化妆技巧能够将鼻子拉长，可一个天生的大鼻子却不能转眼间被磨短。与此同时，他还必须是个很年轻的人，不会超过三十五岁。你瞧，我们开始有方向了。一个三十到三十五岁之间的男人，中等身材、中等肤色，擅长化妆，没有几颗牙齿是真的，甚至一颗都没有。"

"什么？"

"当然啦，黑斯廷斯。那个看守的牙齿残缺不全，还变了颜色。在巴黎，他的牙齿却整齐洁白。假扮成医生时，他的牙齿略微凸出，而假扮成沙瓦罗诺夫时，他却长着特别长的犬齿。不同的牙齿最能改变人的脸型。你看出这些线索正在带领我们走向什么方向了吗?"

"看不太出来。"我小心翼翼地说。

"人们常说,一个人的职业会表现在脸上。"

"他的职业是罪犯。"我大喊一声。

"他是个化装术专家。"

"那不一样吗?"

"你的发言意义非凡,黑斯廷斯,但戏剧世界一定不会表示赞同。难道你看不出来,那个人目前、或曾经,是个演员吗?"

"演员?"

"当然,他掌握了作为一个演员的全部技艺。演员通常分为两类,一类是融入自己的角色之中,另一种则将自己的个性注入其中。经纪人通常会青睐后面那种类型。他们认定一个角色,随后将那个角色融入到演员自身的个性中。前一种类型则很有可能只能在各种不同的音乐厅里出演劳埃德·乔治先生,或是在保留剧目中扮演留着络腮胡子的老头儿。我们必须在后一种类型的演员中寻找四号。从他能迅速融入他所扮演的角色这一点来看,四号无疑是个非常出色的演员。"

我越听越有兴趣了。

"所以你认为,通过四号与舞台的关系,应该能够查出他的真实身份?"

"你的推理向来如此精彩,黑斯廷斯。"

"本来可以更精彩。"我冷冷地说,"如果你早点想到这个主意的话。我们已经浪费了很多时间。"

"这你就错了,我的朋友,我们只是浪费了不得不浪费的时间。我的特工们已经为此工作了好几个月,约瑟夫·阿伦斯便是其中一人。你还记得他吗?他们已经为我提供了一张可疑人物的列表——三十岁上下的年轻人,外表都很普通,有表演天赋,更重要的是,他们都在这三年间离开了舞台。"

"然后呢?"我饶有兴致地追问。

"那张名单有点长,这是不可避免的。而我已经花了很长时间进行排查。最后,我们把范围缩小到了四个名字。我的朋友,就是这几个人。"

他扔给我一张纸片,我大声读了出来。

"厄内斯特·拉特勒尔,北方某教区牧师的儿子,对化装术有着近乎反常的钟爱,被公学开除了,二十三岁登上舞台。接下来是他出演过的一系列角色,都注明了日期和地点。毒品上瘾者,应该在四年前去了澳大利亚。离开英国后就再也找不到其行踪。目前三十二岁,身高五英尺十又二分之一英寸[①]。不留胡子,褐色头发,鼻梁直挺,肤色适中,灰眼睛。

"约翰·圣茅尔。假名,真名不详。应该是土生土长的伦敦人。从小就开始登台表演,曾在音乐厅扮演过角色。这三年来音信全无,年龄大约三十三岁,身高五英尺十英寸[②]。身材纤瘦,蓝眼睛,白皮肤。

"奥斯汀·李。假名,真名为奥斯汀·福耶。家世好,从小喜欢演戏,在牛津很出名。出征记录非常杰出,曾经扮演过——又是一张列表,其中还包括很多保留节目的角色。热衷研究犯罪学。三年半前遭遇了一场严重的车祸,导致精神失常,从此以后再没登过台。目前去向不明。三十五岁,身高五英尺九又二分之一英寸[③]。肤色适中,蓝眼睛,褐色头发。

[①]约一米七九。
[②]约一米七七。
[③]约一米七六。

"克劳德·达雷尔。应为真名。出身不明。在音乐厅出演舞台剧，同时也出演保留剧。似乎没有任何亲近的朋友。一九一九年到过中国，后经由美国返回。在纽约出演过一些角色。一天晚上毫无征兆地离开了舞台，此后再也没有人见过他。纽约警方认为那是最为诡异的失踪案。年龄约为三十三岁，褐色头发，肤色中等，灰眼睛。身高五英尺十又二分之一英寸。"

"太有意思了。"我放下那张纸，继续说道，"这就是好几个月的调查结果？这四个名字，你认为谁最可疑？"

波洛摆出意味深长的表情。

"我的朋友，针对你的提问我目前还没有答案。不过我可以提醒你，克劳德·达雷尔曾经去过中国和美国。这可能是个不太重要的细节，我们不能将其过度夸大，因为这完全有可能只是个巧合。"

"那下一步呢？"我急切地问。

"我已经展开了行动。报纸上每天都会出现用词审慎的广告，他们的亲戚朋友将会被邀请到我的律师那里交谈。说不定我们今天就能——啊哈，电话来了！有可能跟平时一样，是打错的，然后他们会为打扰我们而道歉，但也有可能……是的，确实有可能，有什么事发生了。"

我穿过房间，拿起听筒。

"你好，是的，这里是波洛先生的住所。是的，我是黑斯廷斯上校。哦，是你啊，麦克尼尔先生！我会转告他的。好的，我们马上过去。"麦克尼尔和霍奇森先生都是波洛的律师。

我放下听筒，转向波洛，眼神里充满兴奋。

"波洛，有个女人去了那里。她是克劳德·达雷尔的朋友，叫弗洛西·门罗小姐。麦克尼尔希望你马上过去一趟。"

"现在就去!"波洛大喊一声,消失在了卧室里,紧接着又拿着帽子走了出来。

出租车很快就把我们带到了目的地,我们被请进了麦克尼尔先生的私人办公室。面对律师的扶手椅上坐着一位看起来苍白得有些骇人的女士,早已失去了她的青春岁月。她的头发黄得不自然,浓密的发卷儿垂在耳边,她的眼睑染上了一层深深的阴影,但她还是没忘记给自己抹上胭脂和口红。

"啊,您来啦,波洛先生!"麦克尼尔先生说,"波洛先生,这位是……呃,门罗小姐,她非常热心地前来给我们提供消息。"

"啊,您真是太亲切了!"波洛大声说。

他浑身洋溢着难以掩饰的渴望走上前去,热情地握住了那位女士的手。

"您就像一朵鲜花,盛开在这个陈旧无聊的办公室里。"他完全无视了麦克尼尔先生的心情,补充道。

而他夸张的奉承并非毫无作用。门罗小姐红着脸笑了笑。

"哦,您快别这么说了,波洛先生!"她尖声说道,"我知道你们这些法国人都是什么德行。"

"女士,我们面对美好的事物时从不会像英国人那般沉默。虽然我也不是法国人……您瞧,我是个比利时人。"

"我曾去过奥斯坦德。"门罗小姐说。

此时波洛可能会说,这件事进行得十分顺利。

"那么,您能跟我们说说克劳德·达雷尔先生吗?"波洛继续说道。

"我以前跟达雷尔先生很熟悉。"女士向我们解释道,"然后我今天走出一家商店时看到你登的广告了,当时我正好有时间,于是我对自己说:瞧,他们想打听可怜的老达雷尔。还是律师呢，说不定有一笔遗产正在寻找正当的继承人。我最好立刻过去看看。"

麦克尼尔先生站了起来。

"好了，波洛先生，我是否该让您跟门罗小姐好好说说话呢？"

"您真是太友善了。但是请您留下，我有个小主意。现在正好是午餐时间，不知门罗小姐能否赏脸与我出去用餐呢？"

门罗小姐的眼神亮了起来。我猛然意识到，她目前的境况应该十分拮据，绝不会轻易放弃享用一顿免费午餐的机会。

几分钟后，我们都坐到了出租车里，驶向伦敦最为昂贵的餐厅之一。到达后，波洛点了一桌最为美味的饭菜，随后转向他的客人。

"小姐，您对佐餐酒有何要求？香槟怎么样？"

门罗小姐没说什么——或许这就说明了一切。

我们开始愉快地进餐。波洛颇为殷勤地为女士频频添酒，同时把话题慢慢转向心中最为关心的主题。

"可怜的达雷尔先生，他没能跟我们一道用餐真是太可惜了。"

"是啊，确实。"门罗小姐叹了口气，"可怜的孩子，我真想知道他现在怎么样了。"

"那么，您已经很久没见过他了？"

"哦，好多年了……自从战争结束以后就没见过他。克劳迪[①]是个很有意思的孩子，他很注重隐私，从来不对任何人谈论自己。不过如果他真的是失踪的继承人，那就说得过去了。波洛

[①] 克劳德的昵称。

先生，莫非他继承的是个爵位吗？"

"啊，只是普通的财产而已。"波洛面不改色地说，"可是您要知道，这中间可能涉及身份认证，所以我们才有必要寻找真正了解他的人。您跟他很熟吗，小姐？"

"我不介意告诉您，波洛先生。您是个好心的绅士，您知道该怎么为一名女士点午餐，这就比最近那些傲慢无礼的年轻人好太多了。我不怕这么说，他们简直刻薄。不过要我说，您这个法国人听了我的话一定不会吃惊。啊，你们这些法国人！调皮，太调皮了！"她对他夸张地摆了摆手指，"好吧，事情是这样的，我和克劳迪，两个年轻人，您还能指望什么？而且我知道我现在还对他有点感情。不过我可要提醒您，他对我不好，不，他对我一点都不好。那完全不是对待一位女士的态度，只要一提到钱，他们就都那样。"

"不不，小姐，您可不要这样说。"波洛一边抗议，一边替她倒满了酒，"您能跟我说说这个克劳德先生长什么样子吗？"

"他可没有一副天使的面孔。"弗洛西·门罗痴痴地说，"个子不高也不矮，你懂的，但身材不错。他喜欢整洁，眼睛是蓝灰色的。我想发色比较浅。可是，哦，他真是个天才艺术家！我从没见过什么人能与他比肩！如果不是因为嫉妒，他现在很可能已经名震四方了。您一定不会相信，但那是真的，我们这些艺术家究竟会遭受多少嫉妒之苦。对了，我记得有一次在曼彻斯特……"

我们用尽所有耐心倾听了那个错综复杂的故事，主要是关于一场哑剧，以及哑剧男主角[①]臭名昭著的行径。然后波洛不动声

[①]通常由女性扮演。

色地将她带回到关于克劳德·达雷尔的话题。

"您说的这些关于达雷尔先生的事情真是太有意思了,小姐。女性着实是最令人惊叹的观察者,她们能看清一切,注意到男人们都会漏掉的细节。我曾经目睹一位女士从十几个人中认出一个来。您认为那是为什么呢?原来她注意到,那个人有个一焦躁起来就喜欢摸鼻子的习惯。您觉得一个男人会有可能注意到这些吗?"

"您说得真对!"门罗小姐大声说,"我们确实容易观察到一些事情。现在仔细想想,我记得克劳迪总是喜欢在餐桌上把玩他的面包。他会用手指头撕一小块下来,然后四处抹一抹,把面包屑都抹掉。我总能看到他做这个动作。您猜怎么着,我在任何地方都能靠这个小动作认出他来。"

"这不就是我刚才说的吗?女性都是令人惊叹的观察者。对了,小姐,您对他提起过他的这个小动作吗?"

"不,我没有,波洛先生。您知道男人都是什么样子!他们从来不喜欢你发现任何事情,尤其是那种听起来像是你在教训他们的事。我从来没说过一个字,通常只会在心里微笑一下。上帝保佑你,他从来不知道自己有那个小动作。"

波洛轻轻点头。我注意到他拿起水杯的手在微微颤抖。

"确认笔迹向来都是证实一个人身份的手段之一。"他说道,"毫无疑问,您手上一定有一封达雷尔先生写来的信吧?"

弗洛西·门罗遗憾地摇起了头。

"他不爱写信。一辈子都没给我写过一封信。"

"那真是太可惜了。"波洛说。

"不过我跟您说,"门罗小姐突然说道,"我倒是有一张他的照片,那会有用吗?"

"您有一张照片?"

波洛兴奋得几乎要从椅子上跳起来。

"不过挺老了,至少是八年前拍的。"

"那没关系!无论照片有多老,颜色褪得多厉害!啊,我的上帝,这实在是太幸运了!小姐,能允许我看看那张照片吗?"

"哦,当然可以。"

"或许您还能允许我将其复制一份?这不会花多少时间的。"

"当然,如果您想要的话。"

门罗小姐站了起来。

"好了,我该走了。"她故作顽皮地说,"非常高兴认识您和您的朋友,波洛先生。"

"那照片呢?您什么时候能给我?"

"我今晚回去找找。我大概知道它在什么地方,找到之后马上就寄给您。"

"实在是太感谢了,小姐,您真是这世界上最友善的人。我希望我们能够尽快共享另一顿午餐。"

"您愿意的话什么时候都可以,"门罗小姐说,"我随时奉陪。"

"让我想想,我好像还没有您的地址?"

门罗小姐动作夸张地从手包里拿出一张名片递了给他。那张名片看上去有点脏,原来印在上面的地址被划掉了,用铅笔写上了一个新的地址。

然后,在波洛一本正经地鞠了好几个躬之后,我们告别那位女士,走上了回家的路。

"你觉得那张照片真的如此重要吗?"我问波洛。

"是的,我的朋友,照相机不会说谎。我们可以放大照片,发现一些平时容易错过的关键细节。另外还有数不清的其他细节，例如耳朵的形状，这是任何人都不可能用词语来形容的。哦对的，这对我们来说是个绝佳的机会！这就是为什么我要提议采取防范措施。"

他说完便走向电话机，报出了一串号码，我知道那个号码属于一个私人侦探机构，他有时候会雇里面的人帮忙做事。他的指令十分清晰明确。派两个人到他指定的地址去，负责保护门罗小姐的安全。他们要时刻跟在她后面。

波洛放下听筒，回到我身边。

"波洛，你真的认为那是必要措施吗？"我问。

"有可能。无须怀疑，我们一定被监视了，既然如此，他们必然很快就会知道我们今天跟谁用了午餐。这样一来，四号极有可能会察觉到危险。"

大约二十分钟后，电话铃响了。我接了起来，听筒另一头传来一个唐突的声音。

"是波洛先生吗？这里是圣詹姆斯医院，十分钟前有一位年轻女性被送了过来，出了交通事故。她叫弗洛西·门罗，急着要找波洛先生。不过波洛先生现在就得赶过来，因为她有可能撑不了太久了。"

我把这番话转述给了波洛。他的脸上一下失去了血色。

"快，黑斯廷斯，我们必须像风一般赶过去。"

出租车不到十分钟就把我们带到了医院。我们询问门罗小姐的所在，很快就被领到了急救病房。却看到一个戴白帽的修女在门口等着我们。

波洛从她脸上看出了最新消息。

"一切都结束了吗？"

"她六分钟前去世了。"

波洛目瞪口呆地站在原地。

护士似乎误解了他的情绪,柔声对他说:"她没受什么苦,而且到最后时刻一直都是昏迷的。她被一辆汽车撞上了,你知道吗,那辆车的司机甚至都没把车停下来。太坏了,不是吗?我真希望有人记下了车牌号码。"

"看来命运在跟我们作对。"波洛压低声音说。

"您要看看她吗?"

护士在前面带路,我们跟了上去。

可怜的弗洛西·门罗,带着嫣红的脂粉和染过的头发,异常平静地躺在那里,唇边还挂着一丝微笑。

"是的,"波洛低语道,"命运确实在跟我们作对。不过,这是真的吗?"他猛地抬起头,仿佛突然想起了什么,"命运在跟我们作对吗,黑斯廷斯?如果不是……如果不是……哦,我站在这个可怜的女士旁边向你发誓,我的朋友,时机一到,我绝不会心慈手软!"

"你这是什么意思?"我问。

可是波洛已经转向了护士,并十分急切地开始向她打听消息。最后,我们总算拿到了她手包里的物品清单。波洛匆匆地看了一遍,发出一声压抑的叫喊。

"你看到了吗,黑斯廷斯,你看到了吗?"

"看到什么?"

"上面没提到钥匙。但她身上一定带着钥匙。不,她被毫不留情地撞死了,头一个赶到她身边的人弯下身从她包里拿走了钥匙。但他可能无法马上找到自己想要的东西。"

又一辆出租车把我们带到了弗洛西·门罗向我们提供的住所

地。散发着腐臭气味的街道旁挤着参差不齐的邋遢公寓。我们花了不少时间才被允许进入门罗小姐的住处,但至少我们打听到,只要在门外守着,就没人能从里面出来。

最终我们走了进去。这里很明显已经有人来过了,抽屉和橱柜里的东西被翻得到处都是。所有锁都被撬开了,小茶几甚至被整个儿掀翻,如此粗暴的举动证明来者必定很匆忙。

波洛开始在那堆东西里翻找,紧接着突然大喊一声,"唰"地站了起来,手上还举着什么东西。我定睛一看,那是个老旧过时的相框——里面是空的。

他把相框缓缓转过来。只见背后贴着一个小小的圆形标签——是标价。

"这个价值四个先令。"我说。

"我的老天!黑斯廷斯,睁大你的眼睛,那是个崭新干净的标签。一定是被抽出照片的人贴上去的,也就是那个抢在我们前头的人,他知道我们会来,于是给我们留下了这个——克劳德·达雷尔,亦称四号。"

第十五章 惨败

直到弗洛西·门罗小姐的惨剧发生之后，我才开始发现波洛的改变。到目前为止，他那坚不可摧的自信似乎都顶住了各种考验。可是此刻，他似乎终于表现出了某种疲惫。他的举止显得凝重而压抑，时刻都绷紧了神经。这些天他简直像只猫一样容易受惊。他竭尽全力避免谈论四魔头，似乎又把全部的热情投入到了以前那些普通的工作中。尽管如此，我还是知道他私底下依旧在调查。那些面貌特别的斯拉夫人经常来找他，尽管他并没有对我解释这些神秘举动，我还是意识到他正在一些面目可憎的外国人的帮助下，构筑某种新的防御机制或对抗性武器。有一次，纯属巧合，我正巧瞥到了他存折上的信息——他要我去核实一些小项目——发现他花出去了一大笔钱，那个数额甚至对最近收入颇丰的波洛来说都十分巨大，而接收那笔钱的人光看名字就知道一定是个俄国人。

不过他并没有对我透露正在准备中的行动，只是反反复复地对我说："轻视敌人是个错误。记住这个，我的朋友。"而我意识到，那正是他想尽一切办法试图规避的危险。

这种状态一直持续到三月底，某天早上，波洛的一句话让我大吃一惊。

"今天早上，我的朋友，我建议你穿上你最好的西装，因为我们要去拜访内政大臣。"

"真的吗?那真是太让人兴奋了。他叫你去调查案子?"

"不完全正确。这次会面是我提出的。你可能还记得我说过,我以前帮过他一个小忙?自那以后,他便对我的能力深信不疑,而我则准备利用他的想法来做个交易。你也知道,法国首相笛亚度先生目前正在伦敦,内政大臣应我的要求,安排他今早与我们会面。"

可敬而高尚的西德尼·克劳瑟,国王陛下的内政大臣,是个非常出名的人物。他年龄在五十岁上下,有着一脸古怪的表情和闪着精光的灰眼睛。他用那广为人知的愉悦友善的态度接待了我们。

背对火炉站着一个瘦削的高个子男人,长着一小撮黑胡子和一张略显神经质的脸。

"笛亚度先生,"克劳瑟说,"请允许我向您介绍赫尔克里·波洛先生,想必您已经听说过他的大名了。"

法国人欠了欠身,跟波洛握了手。

"在下当然听说过赫尔克里·波洛先生的大名,"他友好地说,"谁会不曾听过呢?"

"您真是太抬举我了,先生。"波洛说着欠了欠身,但他的脸却高兴得发红了。

"对老朋友有什么问候吗?"一个安静的声音传来,紧接着一个男人从书架旁的角落里走了过来。

那是我们的老熟人,英格勒斯先生。

波洛跟他热情地握了手。

"现在,波洛先生,"克劳瑟说,"我们都愿意为您服务。您不是有非常重要的事情要跟我们商量吗?"

"是的,先生。如今世界上存在一个非常庞大的组织——犯罪组织。这个组织被四个人控制着,他们被称为'四魔头'。一号是个中国人,名叫李长岩;二号是个美国富翁,名叫亚伯·赖兰;三号是个法国女人;至于四号,我手头有证据证明他是个并不出名的英国籍演员,名叫克劳德·达雷尔。这四个人联合起来,企图一举破坏现存的社会秩序,用他们独裁下的混乱取而代之。"

"难以置信,"法国人说,"赖兰跟那种组织搅和在一起?这简直是太异想天开了。"

"请您听我说,先生,我要给你讲述一些关于四魔头的事迹。"

波洛的描述非常引人入胜,就连知道所有细节的我都再次为我们的伟大冒险和屡次逃生而兴奋不已。

波洛说完后,笛亚度先生默不作声地看向克劳瑟先生。对方也回应了他的目光。

"是的,笛亚度先生,我想我们必须承认这个'四魔头'的存在。苏格兰场一开始也报以嘲讽的态度,但他们最后也不得不承认,波洛先生绝大多数情况下都是正确的。当然,我还是不由自主地认为,波洛先生有点……呃,夸大其词了。"

波洛列举了十个要点作为回答。此前有人要求我不要把这些事公之于众,因此我一直缄口不言。这其中包含了某个月发生的潜艇惨祸,以及一系列航班事故和迫降事件。照波洛的说法,这些全是四魔头搞的鬼,还有目击证人证实他们的组织内部过拥有大量不为人知的秘密科技。

这番话直接引出了我一直在等的那位法国首相说出口的问题。

"您说他们组织里的第三号人物是个法国女人,那么您知道她的名字吗？"

"她的名字广为人知，先生。那是个值得骄傲的名字，三号正是那位著名的奥利维叶夫人。"

听到这位世界知名的科学家，继承并发扬了居里夫妇研究的人，笛亚度先生整个人瘫倒在椅子上，面色大变。

"奥利维叶夫人！不可能！这简直是胡说八道！你这是彻头彻尾的侮辱行径！"

波洛轻轻摇头，并没有作答。

笛亚度呆呆地看了他一会儿。然后他的脸色渐渐恢复，只见他瞥了一眼内政大臣，随后意味深长地敲了敲额头。

"波洛先生是个杰出的人物。"他说，"但就算是最伟大的人，偶尔也会陷入偏执，不是吗？然后他们就会渐渐成为阴谋论者，这是众所周知的事实。克劳瑟先生，您一定也同意我的说法吧？"

内政大臣沉默了好几分钟，随后沉重而缓慢地开口道："对我的灵魂发誓，我真的不知道。"他最终说道，"一直以来……包括现在，我都对波洛先生深信不疑，可是……好吧，这个确实有些难以置信了。"

"还有您说的李长岩，"笛亚度先生继续道，"有谁听说过他吗？"

"我听说过。"英格勒斯先生出乎意料地接过话头。

法国人凝视着他，英格勒斯先生也平静地回应了他的目光，看起来就像一个中国偶像。"英格勒斯先生，"内政大臣解释道，"是我们在中国大陆问题上最具话语权的人物。"

"您听说过那个李长岩？"

"我一直认为自己是整个英国唯一听说过他的人，直到波洛先生找到我。请不要怀疑，笛亚度先生，如今整个中国权势最大的人只有他——那就是李长岩。我认为，注意，这只是我个人的想法，我认为他极有可能拥有目前世界上最伟大的头脑。"

笛亚度先生呆坐了一会儿，但很快便恢复过来。

"波洛先生，您的话或许有些道理，"他冷冷地说，"但关于奥利维叶夫人，您绝对是错的。她是法兰西真正的女儿，把整个人生都奉献给了科学事业。"

波洛耸耸肩，并没有说话。

所有人都沉默了片刻，随后我的小个子朋友站起身来，带着一股典雅而庄严的奇怪气场。

"我要说的话都说完了，先生们，我是来警告你们的。但我发现你们可能不相信我的话。可是至少这样一来，各位都会有所警惕。我刚才说的那些话将会被你们铭记在心，今后发生的各种事件会一点一点向你们揭示这个世界摇摇欲坠的命运。而我必须现在就把话说出来，因为再晚一些，我可能就做不到了。"

"你的意思是？"尽管克劳瑟刚表示了怀疑，但他还是惊讶于波洛凝重的语气。

"先生，我的意思是，如今我已经揭穿了四号的真实身份，那就意味着我的性命再也没有任何价值。他会想尽一切办法除掉我。正如他的代号——'毁灭者'。先生们，请接受我的致意。克劳瑟先生，我要请您收下这把钥匙，以及这个封了口的信封。我已经把关于这个案子的所有笔记都归纳在里面了，至于该如何应对随时会爆发的威胁世界的危机，我也总结了自己的想法，并把它们保存在了绝对安全的地方。克劳瑟先生，在我死后，您将被授权处理那些文件，并对其加以利用。那么，先生们，祝各位日安。"

笛亚度只是冷冷地欠了欠身,克劳瑟却跳起来伸出了手。

"您说服我了,波洛先生。尽管这些话听起来都难以置信,但只要是您说的,我就愿意相信。"

英格勒斯跟我们同时离开了。

"我对这次会面并不失望。"波洛走着走着说了起来,"我并没指望能说服笛亚度,但至少我已经确保了自己一旦死去,我所掌握的信息不会随我而去。我还成功说服了一两个人呢。这不算坏!"

"你知道,我是站在你们这边的。"英格勒斯说,"顺带一提,我准备一空出时间来就去一趟中国。"

"这样做明智吗?"

"不明智,"英格勒斯淡淡地说,"却是必要的。我们每个人都需要尽自己的力量。"

"啊,您真是个勇敢的人!"波洛感动地说,"若不是我们还走在路上,我真想拥抱您。"

我觉得英格勒斯看起来像是松了一口气。

"我觉得我去中国的风险并不比你们待在伦敦的风险要大。"他压低声音说。

"或许您是对的。"波洛赞同道,"我希望他们未来谋杀黑斯廷斯的计划永远无法成功,否则我是会很生气的。"

我打断了他们愉悦的对话,声称自己并不准备迎接屠杀。没过多久,英格勒斯就与我们道别了。

我们沉默地走了一段时间,最后波洛突然说了句完全出乎我意料的话。

"我想……我真的认为……我该把我的兄弟请过来协助我。"

"你兄弟?"我惊讶地大喊一声,"我怎么不知道你有个兄弟？"

"这真是出乎我的意料,黑斯廷斯。莫非你不知道但凡声名远扬的侦探都会有个若非因为天生懒散,一定会远比他要出名得多的兄弟吗？"

波洛有时会表现出一种奇怪的态度,让人根本弄不清他究竟是在开玩笑还是认真的。而现在,他的态度就十分明显。

"你兄弟叫什么？"我还在尝试让自己适应这个突如其来的新闻。

"阿喀琉斯·波洛。"波洛凝重地说,"他住在比利时斯帕附近。"

"他是干什么的？"我有点好奇地问道,同时决定不去细想已经过世的波洛夫人性格如何,还有她那充满古典色彩的命名品味。

"他什么都不做。正如我刚才所说,他是个十足的懒骨头。但他的能力却并不在我之下——这就说明了很多问题。"

"你长得像他吗？"

"他跟我有点像,但没有我帅。同时他没有留胡子。"

"那他比你年轻,还是比你年长？"

"他正好跟我同一天出生。"

"双胞胎。"我惊叫一声。

"没错,黑斯廷斯,你很快就得出了正确结论。瞧,我们到家了。现在让我们赶紧开始调查那起公爵夫人的项链失窃案吧。"

不过公爵夫人的项链最终还是要等一等了。因为家里有另一起性质全然不同的案子在等着我们。

我们的房东,皮尔逊太太,一碰面就告诉我们刚才来了个医院的护士,正在等波洛。

我们发现她坐在面对窗户的大扶手椅上，是一位面善的中年女性，穿一身深蓝色的制服。她有点犹豫，迟迟没有进入主题，但波洛很快就让她放松下来，于是她开始讲述自己的故事。

"您瞧，波洛先生，我从没遇到过这种事。我得到百灵鸟协会的派遣，去赫特福德郡看护一位病人。那位老先生名叫坦普尔顿。他的房子很舒适，家人也很友善。他的妻子坦普尔顿太太比他年轻很多，他还有一个头婚生的儿子跟他们住在一起。我不知道那个年轻人跟他的继母平时关系好不好，因为他并不是您所想的那种普通人。虽然说不上有什么缺陷，但显然他不是个聪明人。怎么说呢？一开始，坦普尔顿先生的病情对我来说实在太离奇了。有时候他看起来一点事都没有，然后他就突然开始发作，又是胃疼又是呕吐。可是医生似乎很乐观，我也没有立场多说什么，可我还是忍不住要去想。然后……"她顿了顿，然后脸涨得通红。

"然后发生了某些事情，让你开始产生怀疑了？"波洛猜测道。

"是的。"

可她似乎还是很难把后面的话说出口。

"我还发现家里的用人在议论。"

"关于坦普尔顿先生的疾病？"

"哦，不！关于……关于另一件事……"

"坦普尔顿太太？"

"是的。"

"坦普尔顿太太和医生吗？"

波洛对这种事有种让人毛骨悚然的天赋。护士感激地看了他一眼，接过了话头。

"他们此前一直在议论。然后有一天，我偶然看到他们在一起……在花园里……"

她说到这里就停下了。我们的客户明显正承受着莫大的道德折磨,使得没有一个人会不识时务地追问她到底在花园里看到了什么。她看到的东西显然足够让她做出自己的决定了。

"之后那些发作越来越严重了,可特里夫斯医生却说那很正常,完全在他的意料之中,还说坦普尔顿先生本来就命不久矣。但我之前从来没见过这种情况……在我漫长的护士生涯中,从来没见过。我觉得那更像是某种……"

她顿了顿,欲言又止。

"更像砒中毒?"波洛再次及时伸出了援手。

她点点头。

"然后,我是说,连病人也说了些奇怪的话。'他们会替我办好的,那四个人。他们会替我办好的。'"

"嗯?"波洛飞快地反问。

"这就是他的原话,波洛先生。当然,那时他正承受着巨大的痛苦,肯定不知道自己在说什么。"

"'他们会替我办好的,那四个人。'"波洛若有所思地重复了一遍,"您觉得他说的'那四个人'是什么意思?"

"这我可不好说,波洛先生。我觉得他有可能在说自己的妻子和儿子,还有医生,说不定也包括克拉克小姐,她是坦普尔顿太太的好友。这就是四个人了,不是吗?他可能觉得那四个人在暗中联合起来跟他作对。"

"确实,确实。"波洛心不在焉地说,"那食物呢?你无法对食物提高警惕吗?"

"我一直都在尽我所能。可是当然了,有时候坦普尔顿太太会坚持自己送食物进来,然后还有我休假的时候……"

"没错。而且你对自己观察到的线索还不够自信,不敢去找警察?"

光是这句话就让护士露出了惊恐的表情。

"波洛先生,我是这样做的。坦普尔顿先生在喝完一碗汤后突然严重发作了一次,于是我偷偷地弄了一点碗底剩下的汤汁,并且带了过来。今天我得到了一天假期,去探望生病的母亲,正好坦普尔顿先生的状态不错,不需要我随时看护。"

她掏出一小瓶深色液体,交给波洛。

"太好了,小姐,我们马上就把这个拿去检测。如果您能够在……我想想,一个小时后回来,我们应该能明确您的怀疑。"

问过访客的姓名,并问清楚她的资质后,波洛把她送了出去。随后他写了一张留言条,跟小瓶子里的汤一块儿送走了。在我们等待结果的时候,波洛竟出乎意料地开始核实那位护士的来历。

"不不,我的朋友,"他宣称,"我当然要小心谨慎。别忘了四魔头还盯着我们呢。"

尽管如此,他还是很快就打探到这个名叫梅布尔·帕尔默的护士确实是百灵鸟协会的成员,也确实接到了这份派遣。

"目前为止一切良好,"他调皮地眨了眨眼,"瞧,我们的帕尔默护士回来了。这不,检测报告也来了。"

"里面有砷的成分吗?"她紧张地问。

波洛摇了摇头,重新叠好报告。

"没有。"

我们全都大吃一惊。

"里面没有砷。"波洛继续道,"但含有锑,既然如此,我们会马上前往赫特福德郡。上帝保佑我们能及时赶到。"

我们决定采用最简单的计划，让波洛直接以侦探的身份上门拜访，但他表面上的拜访原因是向坦普尔顿太太打听她以前聘用过的一个用人。他会声称自己从帕尔默护士那里问到了那个人的名字，并怀疑那个人参与了一起珠宝抢劫案。

我们到达埃尔姆斯达——坦普尔顿宅邸的名称——时已经很晚了。我们让帕默尔护士比我们早二十分钟前往，以免有人对我们同时到达产生怀疑。

前来迎接我们的坦普尔顿太太是个高大阴沉的女人，动作慢吞吞的，眼神里充满不安。在波洛表明自己的身份时，我注意到她猛地倒抽了一口冷气，仿佛被吓了一大跳，但她回答波洛的问题时的语气还算平稳。然后，波洛为了试探她，故意说起了一段冗长的妻子毒杀丈夫的故事。他说话时目光从未离开她的脸，尽管她已经尽力了，却还是无法掩饰越来越明显的焦虑。最后，她突然语无伦次地编了个理由，匆忙离开了房间。

我们并没有被抛下多久。很快就有个留着一小撮红胡子、戴着夹鼻眼镜的臃肿男人走了进来。

"我是特里夫斯医生，"他先做了自我介绍，"坦普尔顿太太让我代为转达她的歉意。她现在状态很糟糕，你们知道的。精神过于紧张。她实在太担心自己的丈夫了。我已经给她开了安眠药，让她卧床休息。但她希望你们能留下来用一顿便饭，由我来招待二位。我们都听说过您，波洛先生，您好不容易来一趟，可不能这么快就走了。啊，米奇来了！"

一个年轻人跌跌撞撞地走了进来。他长着一张圆脸，看起来无比愚蠢的眉毛高耸着，好像永远处于震惊之中。他跟我们握手的时候尴尬地笑了笑，这明显就是那个"有点缺陷"的儿子。

不一会儿，我们就都围坐在餐桌旁了。特里夫斯医生离开房间，应该是去开红酒了。就在此时，那个年轻人的表情突然发生了戏剧性的转变。只见他俯身向前，盯着波洛。

"你来是为了父亲的事。"他点着头说，"我知道。我知道很多事情，但他们都不这么认为。如果父亲死了，母亲会很高兴，因为这样她就能嫁给特里夫斯医生了。她不是我的生母，你知道的。我不喜欢她。她做梦都想让父亲死去。"

这一切实在太可怕了。幸运的是，没等波洛来得及回答，医生就走了回来，我们不得不开始一段迫不得已的东拉西扯。

紧接着，波洛突然瘫倒在椅子上，虚弱地呻吟了一声。他的脸上写满了痛苦。

"我亲爱的先生，您怎么了？"医生大喊一声。

"只是一阵突然发作的痉挛，我已经习惯了。不，不，我不需要您的帮助，医生。不过能让我到楼上稍微躺一会儿吗？"

他的要求马上就被满足了，我陪他到了楼上，看着他倒在床上，大声呻吟着。

刚开始那一瞬间我还信以为真了，但很快便发现波洛是在——用他自己的说法就是——演一场闹剧。而他真正的目的其实是让我们被留在楼上，靠近病人的房间。

因此，在所有人都离开的那一刻，当他猛地坐起身时，我已经做好了心理准备。

"快，黑斯廷斯，窗户，外面长着常春藤，我们可以在他们起疑之前爬下去。"

"爬下去？"

"是的，我们必须立刻离开这栋房子。你看到他晚餐时的样子了吗？"

"医生？"

"不,是小坦普尔顿,他把玩面包的样子。你还记得弗洛西·门罗死前告诉我们的事情吗?克劳德·达雷尔习惯用面包从桌子上沾走碎屑。黑斯廷斯,这是个庞大的阴谋,那个一脸蠢相的年轻人就是我们的死敌——四号!赶快。"

我并没有费心与他争辩。尽管整件事看起来太难以置信了,但无论如何,拖延都是不明智的。我们尽量安静地顺着常春藤爬了下去,随后径直走向小镇上的火车站。这时正好能赶上八点三十四分发车的末班车,保证我们能在十一点左右回到伦敦。

"阴谋。"波洛若有所思地说,"到底有多少人跟他们是一伙的?我怀疑整个坦普尔顿家都是四魔头的手下。莫非他们只是想把我们骗到那里去?还是有别的什么想法?莫非他们想一直伪装下去,把我留在那里,直到他们有时间……做什么?我现在开始好奇了。"

他再次陷入了沉思。

回到寓所后,他在起居室门口拦住了我。

"注意,黑斯廷斯。我怀疑其中有诈,让我先进去。"

他先走了进去,让我感到有些可笑的是,他还用一只旧套鞋小心翼翼地按下了电灯开关。随后他像一只误入陌生领域的猫一样在屋子里转起了圈圈,小心谨慎,轻手轻脚,随时警惕着危险。我在旁边看了一会儿,乖乖地待在墙边没动。

"我觉得没什么问题,波洛。"我不耐烦地说。

"看来是的,我的朋友,看来是的。但还是保险起见。"

"见鬼。"我说,"反正我得先把火生起来,然后抽一管烟。我可算捉住你一回了。你最后用的火柴,没有像平时那样放回架子上——这可是你一直强迫我做的。"

我伸出手,紧接着便听到波洛警告的喊声。我看到他朝我扑过来,我的手刚碰到火柴盒。

然后,我的眼前出现了一片蓝色的火光,并听到震耳欲聋的爆炸声——最后只剩下黑暗。

我醒过来,发现我们的老朋友里奇韦医生正弯腰看着我。他脸上闪过如释重负的表情。

"躺着别动。"他柔声说,"你没事。还记得吗,刚才出了个意外。"

"波洛?"我呢喃道。

"你在我家。一切都很好。"

我心中涌起一阵冰冷的恐惧。他的顾左右而言他让我害怕得喘不过气来。

"波洛呢?"我追问道,"波洛怎么样了?"

他意识到我肯定已经猜到了真相,再继续逃避是毫无意义的。

"你奇迹般地生还了……而波洛……却没有这么幸运!"

我大喊一声。

"没死吧?没死吧?"

里奇韦低下头,强忍着自己的感情。

我拼命挣扎着坐了起来。

"波洛虽然死了。"我虚弱地说,"但他的精神永存。我会继续他的工作!葬送四魔头!"

然后我便倒回床上,不省人事。

第十六章 濒死的中国人

直到现在我都无法下笔写下那个可怕的三月。

波洛，那个独一无二、无与伦比的赫尔克里·波洛——竟然死了！那个随意摆放的火柴盒里隐藏着格外可怕的机关。那毫无疑问会吸引他的目光，而他也毫无疑问会马上试图将其放回原处。那样一来，他就会触发爆炸的开关。然而实际上却是我引发了那场灾难，这让我一直都在深深地自责。正如里奇韦医生所说，我能活下来，只有一点轻微的脑震荡，这确实是个奇迹。

虽然我觉得自己好像马上就恢复了意识，但实际上经过了整整二十四个小时。直到第二天晚上我才恢复了足够的体力，摇摇晃晃地把自己挪到隔壁房间去，满怀感慨地凝望着那个装殓着世界上最伟大的男人的棺木。

恢复意识之后，我的心中就只有一个想法——为波洛复仇，毫不留情地除掉四魔头。

我本以为里奇韦医生会跟我同仇敌忾，但让我惊讶的是，那位好医生的表现并不那么积极。

"回南美去吧。"他总是充满同情地提出这个建议。为什么要挑战不可能的事情？他那些委婉的见解可以总结成这么一句话：如果波洛，独一无二的波洛都失败了，你又怎么可能成功呢？

可我十分倔强，我无视了他对我个人能力的质疑，而且我并不能完全认同他的观点。我跟波洛合作了这么长时间，已经将他的方法牢记在心，并认为自己完全有能力接过他未完成的工作。这对我来说是个感性的问题。我的朋友被残忍地谋杀了，难道我要夹着尾巴逃回南美，而不是努力将谋杀他的凶手绳之以法吗？

我把自己的想法告诉了里奇韦，他也认真地听完了。

"尽管如此，"我说完之后，他对我说，"我的想法还是没有改变。而且我很确定，如果波洛在这里，他也会劝你回去的。看在他的分上，我请求你，黑斯廷斯，放弃那疯狂的主意，回到你的牧场去吧。"

我只可能给出一个回答。于是他悲伤地摇着头，再也没说什么。

我花了整整一个月时间才彻底康复。接近四月末的时候，我主动提出并得到了与内政大臣面谈的机会。

克劳瑟先生的态度让我不禁联想到里奇韦医生。一样是消极抚慰。尽管他很感激我的自告奋勇，但还是委婉而体贴地回绝了。波洛提到的文件都已经交到了他的手上，他还向我保证，在最终的危机到来之前，所有工作都会安排妥当。

我不得不勉强接受了他那冷漠的安慰。在道别时，克劳瑟先生也劝我赶快回南美去。可我还是觉得这一切实在太不尽如人意了。

从理论上来说，我似乎应该描述一下波洛的葬礼情景。那是一场庄重感人的仪式，人们送来的鲜花的数量令人震惊。那些花束有的来自达官显贵，有的来自平民百姓，证明了我的朋友对这个国家做出的贡献之大。至于我自己，当我站在墓前时，心里百感交集，回忆起了我们俩的各种经历，以及那些曾经的美好时光。

五月初，我已经制定好了作战计划。我觉得目前最好的策略还是像波洛那样，借助广告来收集跟克劳德·达雷尔有关的情报。于是我在几份早报上登了广告，然后坐在苏霍区的小餐馆里查看那些广告的效果如何。紧接着，报纸上的一小段文字令我大吃一惊。

那则报道非常简短，说英格勒斯先生离开马赛后不久，就在上海号轮船上失踪了。尽管当时天气情况良好，但那位先生一定是不慎掉入海中了。报道在最后还提到了英格勒斯先生在中国漫长而卓越的工作事迹。

这个消息令人很不愉快，我在英格勒斯的死亡中看出了恶毒的阴谋。我根本不相信那是个意外。英格勒斯是被谋杀的，他的死明显是四魔头的杰作。

我由于过度震惊而呆坐着，脑中反复琢磨这件事，然后被坐在我对面的人突如其来的动作吓了一跳。我一直都没怎么注意他。他是个瘦削阴郁的中年男人，面色苍白，留着一小撮胡须。他在我对面坐下时动作如此安静，我甚至都没有留意到他的到来。

但他的动作非常奇怪。只见他俯身向前，故意递了一罐盐给我，在我的盘子上堆成四小堆。

"原谅我，"他语气忧伤地说，"因为人们都说，给陌生人递盐会给他们带去悲痛，但那可能是个不可避免的悲剧。尽管如此，我还是不希望如此。我希望你能够理智一些。"

随后，他又若有所指地在自己的盘子里重复了一遍刚才的举动。"4"这个标志已经再明显不过了。我目不转睛地审视着他，却一点也看不出他与小坦普尔顿有什么相似之处。当然，他也跟男仆詹姆斯，以及我们此前遭遇过的各种人物都没有半分相像。

尽管如此，我还是很肯定眼前这个就是那令人生畏的四号本人。他的口音与在巴黎时造访我们的那个扣紧大衣扣子的男人有些相似。

我四处张望，不知该怎么办。他明显看出了我的想法，露出一抹微笑，轻轻地摇了摇头。

"我可不建议你那么做。"他说，"想想你在巴黎的下场。我向你保证，我的后路是万无一失的。不过我还是想说，黑斯廷斯上校，你的想法总是倾向于残忍啊。"

"你这个恶魔，"怒火让我的声音哽咽，"恶魔的化身！"

"过激了，你有点过激了。你那位死去的朋友一定会告诉你，能够一直保持平静的人永远有最大的优势。"

"你竟敢提到他！"我大喊道，"提到那个被你无情谋害的人。而且你竟敢来到这里——"

他打断了我的话。

"我来这里是为了一个绝妙而和平的目的，是为了劝你马上回南美去。如果你照做了，四魔头今后就不会再找你的麻烦，你和你的人都不会再受到任何骚扰。我向你保证。"

我傲慢地大笑起来。

"那如果我拒绝你那专横的命令呢？"

"这不是命令。就让我们将其称为……一个警告？"

他的语调里充满冰冷的威胁。

"头一个警告，"他柔声说，"我奉劝你最好不要轻视它。"

紧接着，我还没来得及弄清他的意图，他就站起身，快步走向大门。我跳了起来紧追过去，但不幸的是，我一头撞上了一个大胖子，他挡在了我和旁边那张桌子之间的通道间。等我好不容易脱身时，我的目标已经穿过了门口。下一个阻碍来自一个端着一大摞盘子的服务员，他毫无征兆地撞到了我身上。这次等我赶到门口时，已经到处都找不到那个留着黑胡子的男人了。

服务员在旁边连声道歉，胖男人则宁静地坐在餐桌旁点他的午餐。没有任何迹象表明刚才那两件事不是纯粹的巧合。尽管如此，对此我还是有着自己的想法。我十分清楚，四魔头的人无处不在。

不消说，我丝毫没有听从他给我的警告。不成功便成仁。我登出去的广告只收到了两个回复，没有一个包含了有价值的信息。答复都来自曾经与克劳德·达雷尔合作过的演员，但他们都与他没什么亲密来往，因此无法向我提供与他的身份及目前所在地有关的信息。

那天以后，我就再也没有发现四魔头的踪迹，直到第十天。我当时正穿过海德公园，陷入沉思之中，突然有个富有魄力的外国口音叫住了我。

"请问您是黑斯廷斯上校吗？"

一辆巨大的豪华车缓缓停在路旁，有个女人从里面探出身子。她穿着一身无可挑剔的黑色长裙，搭配华美的珍珠，我一眼就认出了这位女士。她先是维拉·罗萨科娃女伯爵，然后摇身一变成了四魔头的手下。不知为何，波洛一直都对这位女伯爵有种莫名的喜爱，似乎是她眼中的火焰深深吸引了那个小个子侦探。他总是习惯于心血来潮地宣称，她是万里挑一的女人。而她站在我们的对立面，是我们最为棘手的敌人之一的事实却好像从来都没有影响过他的判断。

"啊，不要走开！"女伯爵说，"我有很重要的事要对您说。也请您不要尝试逮捕我，因为那是最愚蠢的行动。您总是有点蠢……是的，是的，没错。您现在就很愚蠢，因为您坚持不理会我们给你的警告。现在我给你带来了第二次警告。马上离开英国，你留在这里没有任何好处。我可以很直白地告诉你，你永远无法达成任何目的。"

"既然如此，"我语气僵硬地说，"那你们如此焦急地试图把我赶出这个国家不就显得很奇怪了吗？"

女伯爵耸了耸肩——曼妙的双肩，曼妙的动作。

"对我来说，我也认为那很愚蠢。换作是我，肯定不会打扰您做无用功的。不过上头的人，你懂的，他们害怕您会透露一些消息给比你更聪明的人。因此……您必须被放逐。"

女伯爵似乎对我的能力有种让人受宠若惊的错觉。我忍住了心中的烦躁。

她的态度无疑是为了惹恼我，并让我觉得自己一无是处。

"当然，要除掉您其实非常简单，"她继续道，"但我有时候还是很感性的。我请求您。您家里还有个美丽贤惠的妻子，不是吗？而且，您能够活下去，也会让那个可怜的小个子在天堂感到欣慰。我一直很喜欢他，你知道的。他很聪明，太聪明了！如果这不是一场四对一的角逐，我真的相信他会胜过我们。我要老实地承认，他是我的偶像！我给葬礼送了一个花圈，用以表示我对他的倾慕。一个红玫瑰做的大花圈，红玫瑰代表了我的气质。"

我一言不发地听着，对她的厌恶愈发深重。

"你看上去就像一头缩起耳朵准备撅蹄子的骡子。好吧，我已经警告过你了。记住这个，第三次警告会由毁灭者亲自送来……"

她做了个手势，汽车快速离开了。我条件反射地记下了车牌，但并不指望能从那里挖出什么线索。四魔头从来不会在细节上出现疏漏。

我心情有点沉重地回到了家。女伯爵的话透露了一个事实，我的生命正在面临真正的危险。尽管我并不打算放弃挣扎，但我认为自己有必要小心谨慎地行事，尽我所能采取预防措施。

当我忙着回顾所有事实、考虑最佳策略时，电话铃突然响了。我穿过房间，拿起听筒。

"你好，请问是哪位？"

一个清脆的声音回答了我。

"这里是圣贾尔斯医院。我们刚刚收治了一个中国人，他在街头被刺伤，然后被送到了这里。他活不久了。我们在他的口袋里找到了一张写有您的地址和姓名的纸条，就给您打了电话。"

我大吃一惊。不过很快我就回过神来，告诉那个人我马上过去。圣贾尔斯医院就在码头附近，我猛然想到，那个中国人很可能刚从某条船上下来。

走在路上时我的心中突然涌出一股疑虑。莫非这一切只是个圈套？凡是有中国人的地方必定有李长岩的魔爪。我想起此前那个带诱饵的陷阱。莫非这些都是敌人的计策？

一番思索后，我认定去医院走一趟也不会有什么坏处。也许事情并不像一般人所说的欺诈那么复杂。那个濒死的中国人会向我透露一些信息，暗示我展开行动，最后会导致我一头扎进四魔头的圈套里。因此我需要做的就是，保持一个开放的思维，在假装极易受骗的同时暗中警惕。

到达圣贾尔斯医院，并对值班护士说明来意后，我马上就被带到了急救室，来到那个男人的病床边。他一动不动地躺着，双眼紧闭，唯有胸口几乎无法察觉的活动显示他还有呼吸。一位医生也站在床边，正试探他的脉搏。

"他的时间不多了，"医生小声对我说，"您认识他吗？"

我摇摇头。

"从没见过。"

"那他口袋里怎么会有您的姓名和地址？您是黑斯廷斯上校，没错吧？"

"是的，但我也无法解释那个问题。"

"真奇怪。从资料来看，他好像曾经是一位先生的仆人。那位先生叫英格勒斯，是个退休的公务员。"见我对这个名字做出了反应，他马上补充道，"啊，您认识他，是吗？"

英格勒斯的仆人！那我确实见过他。当然，这并不意味着我能分清两个中国人的长相。他一定跟随英格勒斯去了中国，那场灾难之后，他又带着一个消息回到了英格兰，极有可能是给我的消息。那个消息必定至关重要，并且情况紧急，我必须听到。

"他现在清醒吗？"我问，"能说话吗？英格勒斯是我的老朋友，这个可怜人很可能给我带了一条来自他的口信。英格勒斯先生应该是十天前离开英国的。"

"他现在是清醒的，但我怀疑他有没有足够的体力说话。他失血过多，您懂的。当然，我可以给他打一针兴奋剂，但我们已经尽力了。"

尽管如此，他还是给中国人注射了一针。我留在床边，满心希望能够听到哪怕只言片语，甚至一个手势。因为那极有可能对我的工作意义重大。可是时间慢慢流逝，病人却没有一丝动静。

突然，一个险恶的想法蹿入我的脑海。莫非我已经落入了圈套？如果这个中国人只是伪装成英格勒斯的仆人，实际上却是四魔头的手下呢？我之前不是读到过某些中国法师有伪装死亡的本事吗？甚至，李长岩有可能召集了一群狂热信徒，愿意在必要时把自己的生命献给主人。我必须提高警惕。

就在这些想法蹿过我的脑海时，躺在床上的人动了一下。他睁开眼睛，呢喃了几个模糊的字眼。紧接着我看到他的目光集中在我的身上。他似乎没有认出我，但我马上意识到他试图跟我说话。先不论他是敌是友，我必须听听他要说什么。

我俯身对着病床，可那破碎的声音在我听来没有任何意义。我觉得自己好像听到了"手"，但这个词到底有什么意义，我实在难以理解。随后他又说了一遍，这次我听到了另外一个词，"慢板"。我惊讶地凝视着他，紧接着联想到了那两个词有可能代表的意思。

"韩德尔慢板？①"我问道。

中国人的眼皮飞快地颤动着，仿佛在表示同意。随后他又补充了一个意大利语词汇，"卡罗扎"。紧接着我又听到两三个意语词汇，最后，他突然全身一软，倒了下去。

医生把我推开。一切都结束了。那个人死了。

我重新回到室外，陷入了深深的困惑。

"韩德尔慢板"，还有一个"卡罗扎"。如果我没记错的话，"卡罗扎"的意思是四轮马车。这些简单的词汇背后隐藏着什么意思呢？他是个中国人，不是意大利人，为什么他会讲意大利语呢？如果他真的是英格勒斯的仆人，他肯定会说英语吧。这一切都充满谜团。回家的路上我一直在思考，哦，我真希望波洛能在这里，用他那无与伦比的智慧来解决这些谜题！

我用钥匙开了门，然后缓缓走回自己的房间。一封信在桌上，我心不在焉地把它撕开。但是很快，我就呆愣在了原地。

那是一封律师事务所发来的信函。上面写道：

---

①韩德尔慢板（Handel's Largo），韩德尔一词的前半部分为"Hand"（手）。

尊敬的先生：遵照我们已经去世的委托人，赫尔克里·波洛先生的指示，我们将这份封口的信函转交给您。这封信是波洛先生在去世前一个星期委托给我们的，他留下指示，在他去世之后的特定日子，我们要将其转交给您。

您最忠实的，知名不具。

我把那个封口的信函翻来覆去地看了一遍又一遍。它无疑是波洛留下的，我一眼就能认出那熟悉的笔迹。随后，我带着凝重的心情和急切的期待，撕开了信封。信上写道：

我亲爱的朋友：

当你收到这封信时，我应该已经不在人世了。不要为我流泪，只需听从我的指示。你收到这封信后，必须马上回南美。万万不可执迷不悟。我之所以要求你回去，并非因为感情用事。这是非常必要的。这是赫尔克里·波洛计划的一部分！无须多言，如我的朋友黑斯廷斯这般头脑敏锐之人必定能够理解。

摧毁四魔头！我在黄土之下向你致敬，我的朋友。

你永远的，

赫尔克里·波洛

我把这封信读了一遍又一遍。有一点很明显，这个不可思议的人已经预见到了一切，甚至连他自己的死亡都不会影响他的计划！我的任务是负责行动，而他是发出指令的天才头脑。毫无疑问，等我漂洋过海之后还会有更多指示等着我。与此同时，我的敌人会认为我是听从了他们的警告才离开的，便不会再来找我的麻烦。我可以丝毫不引起他们怀疑地回归,在他们内部展开大肆破坏。

没有任何事情能阻止我马上出发。我发出电报,预订行程,一个星期后,我就登上了安索尼亚号,向布宜诺斯艾利斯进发。

轮船刚离开码头,乘务员就给我拿来一张纸条。他解释说那是一位身材高大、穿着皮草大衣的先生赶在舷梯拉起的最后一刻交给他的,之后那人就下船了。

我打开看,留言的内容简洁明了。

"你很明智"——那上面写道,后面还署了一个大大的数字"4"。

我只能强忍住微笑!

海上的情况不算太恶劣,我享受了一顿还算愉悦的晚餐,像船上的绝大部分乘客那样做出决定,打了一两把桥牌。随后我回到自己的船舱,一如往常那样睡得人事不省。

我被一阵连续不断的摇晃惊醒,感到一阵眩晕和困惑。我看到一名船员站在我旁边。当我坐起身时,他如释重负地叹了口气。

"感谢上帝,我总算把您叫醒了,这样我就总算保住了自己的工作。您总是睡得这么死吗?"

"出什么事了?"我睡眼惺忪地问了一句,依旧处于困惑状态,"船上出什么问题了吗?"

"我认为您应该比我更清楚。"他冷冷地回答道,"海军部的特别指示。外面有一艘驱逐舰正等着把您接走。"

"什么?"我惊叫一声,"在这大海上?"

"这事看起来确实很奇怪,但与我无关。他们派了个小伙子到船上来顶替您,我们都被要求发誓保密。能麻烦您起来把衣服换了吗？"

我照他的话做了，依旧难以掩饰自己的震惊。一条小船被放了下去，我被转移到了驱逐舰上。我受到了热情的欢迎，但没能问出任何情况。司令官接到的命令是把我带到比利时的某个海岸登陆，然后他的任务就结束了，除此之外他一无所知。

这一切就好像一场梦。我只能死守一个信念，这一定是波洛计划的一部分。我必须完全信任那位已经去世的挚友，毫不怀疑地一路向前。

我一如计划，在规定的地点登陆了。那里有辆汽车等着我，很快我就坐上车，飞快地驰骋在弗兰德平原上。当天晚上，我住进了布鲁塞尔的一家小旅馆。第二天，我们又出发了。周围的风景渐渐变成了树木和山林。我意识到我们正深入阿登高地①，然后我突然记起波洛曾经说过，他有个兄弟住在斯帕。

但我们并没有前往斯帕。车子离开主干道，钻进了郁郁葱葱的山林间，然后来到一个小村落，又开到了山顶上一座孤零零的白色别墅旁。车子停在了别墅的绿色大门前。

我下车后，大门打开了。一名年老的男仆站在门边，鞠了一躬。

"黑斯廷斯上校阁下？"他用法语说，"我正在恭候上校阁下的光临。请跟我来。"

他带我穿过大厅，打开里面的一扇门，站到一旁让我进去。

我眨了好几下眼睛，因为屋子正对着西边，下午的阳光无情地直射进来。过了一会儿，我适应了光线，看到一个人影正伸出手等着欢迎我。

---

①阿登高地（Ardennes），位于法国北部，比利时东南部及卢森堡北部，默兹河的东西两方的高原。

这是……哦,不可能,这不可能……但这是真的!

"波洛!"我高喊一声,这次再也没有试图逃离他那令人窒息的拥抱。

"当然,当然,当然是我!要杀死赫尔克里·波洛可没这么容易!"

"可是波洛……为什么?"

"这是一个计谋,我的朋友,一个计谋。现在一切都已准备就绪,可以展开我们的最后总攻了。"

"可你完全可以告诉我啊!"

"不,黑斯廷斯,我不能。因为那样一来,你就绝对、绝对不可能在葬礼上做出那么精彩的表演了。没错,你的表演完美无瑕。四魔头绝对会对你深信不疑。"

"但我经历的那些——"

"不要认为我很无情。我之所以要欺骗你,有部分原因是为了你。我愿意用自己的生命犯险,却绝对不能毫无顾虑地不断威胁你的生命。所以在爆炸之后,我想出了一个绝佳的主意。里奇韦是个好医生,是他帮我实施了那个计划。我死了,你将会回到南美。可是,我的朋友,你却坚决不愿意听从他的劝告。最后我只好伪造了一份律师函,以及一通冗长的废话。不管怎么说,你总算来了,这是最值得庆贺的。现在,我们就要躲藏在这里,销声匿迹,直到最后总攻的时机到来——彻底摧毁四魔头。"

第十七章 四号赢了一局

我们静静地潜伏在阿登高地,观察着整个世界的局势。我们每天都能收到大量报纸,波洛还会收到一个厚厚的信封,明显装着一些报告资料。他从来不让我看那些东西,但我通常都能从他的态度看出信的内容是否令人满意。他从来都没有质疑过,我们目前的计划是唯一能够通向成功的阶梯。

"有件小事,黑斯廷斯,"有一天他对我说,"我一直都很害怕你有一天会变成尸体出现在我门前。那使我很紧张,用你的话说,就像一只受惊的猫。可现在我可以放心了。就算他们发现在南美登陆的黑斯廷斯上校其实是个替身——我并不认为他们会发现,因为四魔头不太可能会派个认识你的手下到那边去,他们也只会认为你是在试图瞒骗他们,好继续开展你自己的聪明计划,因此也就不会认真地去寻找你的藏身之处。因为现在有一个重要的前提,他们深信我已经死了,因此会放松警惕,继续酝酿他们的计划。"

"然后呢?"我急切地问。

"然后,我的朋友,就是赫尔克里·波洛的奇迹复活!我会在最后一刻重新出现,将一切打乱,用我独特的方法获得伟大的成功!"

我意识到波洛的虚荣在经过无数案子的磨炼之后,已经不可能被打垮。我提醒他，有这么一两次，成功的喜悦还是属于我们的对手的。但我也知道，这必然无法削弱赫尔克里·波洛对自己这个完美计策的热忱。

"你瞧，黑斯廷斯，这就像你打牌时用的小伎俩。毫无疑问，你已经看出来了。你抽出四张'J'，洗牌，放一张在牌堆顶端，一张在牌堆底部，以此类推。你把牌切一切、洗一洗，它们就又跑到一块儿去了。这就是我的目的。一直以来我都在战斗，一会儿跟这个四魔头成员，一会儿跟那个四魔头成员。不过我要把他们集中起来，就像扑克牌里的四张'J'，然后，我再一举发动总攻，将他们全部摧毁！"

"那你打算怎么把他们集中起来？"我问。

"我要等待最佳的时机。要销声匿迹，直到他们准备好出击。"

"那可能意味着一段漫长的等待。"我抱怨道。

"我的好黑斯廷斯，你总是如此缺乏耐心！放心，这段时间不会很长的。他们唯一害怕的人——我——已经被除掉了。我猜他们顶多忍耐两三个月。"

他一说被除掉，就让我想起了英格勒斯和他悲剧性的死亡。随后我又记起，我还没把圣贾尔斯医院那个濒死的中国人的事告诉波洛。

他全神贯注地倾听了我的故事。

"英格勒斯的仆人，嗯？他说出来的那几个词都是意大利语？有意思。"

"所以我才怀疑那有可能是四魔头的诡计。"

"你的猜想是错的，黑斯廷斯。用用你的灰色脑细胞。如果你的敌人想骗你，他们肯定会确保那个中国人说的是可以理解的混合式英语。不,那个口信是真的。把你听到的话再告诉我一遍好吗?"

"首先他提到了韩德尔慢板,然后他说了一个词,听起来好像是'卡罗扎'——那不是四轮马车的意思吗?"

"没别的了?"

"好吧,最后他还嘟囔了一个'卡拉'还是什么人的名字,应该是一个女人。我觉得好像是姓齐亚,但我不觉得那跟之前的信息有什么关系。"

"你当然不会想到,黑斯廷斯。卡拉·齐亚其实非常重要。非常重要。"

"我看不出——"

"我亲爱的朋友,你永远都看不出。这也不怪你,毕竟英国人都不懂地理学。"

"地理学?"我大声喊道,"这跟地理学有什么关系?"

"我敢说,这对托马斯·库克[①]先生更为重要一些。"

一如往常,波洛拒绝向我透露更多——他的这个花招真是太讨厌了。但我发现他突然比平时高兴了许多,仿佛得到了什么点数似的。

日子一天天过去,愉悦的同时又有些枯燥。别墅里有许多藏书,还有许多适合散步的好地方,但我偶尔还是会为这种不得不刻意保持低调的生活感到焦躁,同时也对波洛表现出来的平静祥和感到不可思议。没有任何事情能打乱我们的平静,直到六月末,正好在波洛给他们定的期限之内,我们得到了有关四魔头的新消息。

[①]托马斯·库克(Thomas Cook,1808-1892),英国旅行商,出生于英格兰墨尔本。近代旅游业的先驱者,也是第一个组织团队旅游的人。

某天一大早，一辆车开到了别墅，这在我们平静的生活中实属难得，于是我赶紧跑下楼去满足自己的好奇心。我发现波洛正在跟一个与我年龄相仿，面容友善的男子交谈。

他给我介绍了一番。

"黑斯廷斯，这位是哈维上校，你们英国情报机构中最为出名的成员之一。"

"我一点儿都不出名。"男子笑着说。

"应该说他对局外人来说不出名。哈维上校的大多数朋友和熟人都认为他是一个好脾气却没头脑的年轻人，成天只知道跳狐步舞，是这么叫的吗？"

我们都大笑起来。

"好吧，好吧，言归正传。"波洛说，"你认为时机到了，是吗？"

"我们非常肯定，先生。中国昨天进行政治隔离了，没人知道那里到底发生了什么。没有新闻，没有电报，只有彻底的崩溃，然后是寂静！"

"李长岩出手了。其他人呢？"

"亚伯·赖兰上周到了英国，昨天动身前往大陆了。"

"奥利维叶夫人呢？"

"奥利维叶夫人昨晚离开了巴黎。"

"前往意大利？"

"是的，前往意大利，先生。根据我们的判断，他们都在去往您跟我们提到的那个度假胜地。但您究竟是怎么知道的……"

"啊，那个殊荣可不是我的！那是黑斯廷斯的功劳。他隐藏了自己真正的智谋，你知道吗，他实际上远比任何人都要聪明得多。"

哈维赞赏地看着我，这让我感到十分不自在。

"一切就要开始了。"波洛说，他的表情淡然而严肃，"时机已到。都准备好了吗？"

"凡是您吩咐的我们都准备好了。意大利、法国和英国政府都在您背后，并且在齐心协力地合作。"

"这实际上是一个新的协议，"波洛冷冷地说，"我很高兴笛亚度最终被说服了。非常好，那么我们就要开始了——或者说，我就要开始了。你，黑斯廷斯，要待在这里。是的，我恳求你。我的朋友，这是非常严肃的请求。"

我相信他，但我绝不可能心甘情愿地一个人留下。我们的争论短暂而明确。

直到我们坐上火车一路赶往巴黎，他才承认其实内心还是为我的决定感到高兴。

"因为我有一个角色需要你来出演，黑斯廷斯。一个非常重要的角色！没有你，我可能会失败。但不管怎么说，我还是认为坚持让你留下是我的责任。"

"因为可能会有危险？"

"我的朋友，凡是四魔头出现的地方都有危险。"

到达巴黎后，我们马不停蹄地赶到巴黎东站。最后，波洛终于说出了我们的目的地。原来我们要前往博尔扎诺和意大利的提洛尔①。

趁哈维离开我们的车厢时，我抓住机会追问波洛为什么要把找到四魔头碰头地点的功劳归到我头上。

"因为那确实是你的功劳，我的朋友。我不知道英格勒斯是

---

① 博尔扎诺（Bolzano）是意大利的一个城市，提洛尔（Tyrol）是横亘在奥地利西部与意大利北部的阿尔卑斯山脉的一个区域。

如何得到那些情报的，但他确实得到了，又让自己的仆人把那个情报带给了我们。我的朋友，我们将要前往卡瑞西，而那个地方在意大利语中有个新名字，叫作卡若萨湖。现在你知道那个'卡拉·齐亚'是什么意思了，还有你的'卡罗扎'和'慢板'①——至于韩德尔，那只是你想象的产物。有可能他的意思是从英格勒斯先生'手上'得到了那个消息。②"

"卡瑞西？"我提出疑问，"我从没听说过这个地方。"

"我告诉过你英国人不懂地理学。实际上那是一处非常出名而且风景秀丽的夏季度假区，海拔四千英尺，正好在多洛米蒂山的中心地带。"

"四魔头打算在那个偏远的地方碰头？"

"那里其实更应该算是他们的总部。如今信号已经发出，他们打算从世界上消失，隐匿在偏远的深山中发号施令。我已经调查过了，那里开凿了很多采石坑和矿坑，而负责挖掘的公司，很明显是意大利的一家小企业，实际上却由亚伯·赖兰掌控。我可以向你发誓，那座山里肯定挖出了一个巨大的空间，神秘而难以靠近。那个组织的领导者可以通过电报对他们的信徒发号施令，而那些信徒数以千计，遍布每一个国家。在道罗迈特斯的那座悬崖之上，将会诞生世界的独裁者。应该说，如果没有了赫尔克里·波洛，他们就会诞生。"

"你真的相信这一切吗，波洛？难道军队和国家机器都是摆设吗？"

"你觉得那些东西在俄罗斯能管什么用呢，黑斯廷斯？这次将是俄罗斯的状况无限放大，再加上另一个威胁，奥利维叶夫人

---

①英语中的"慢板"（Largo）与意大利语中的"湖"（Lago）发音相近。
②波洛认为黑斯廷斯把"hand"（手上）听成了"handel"（韩德尔）。

的实验远比她所承认的要成功得多。我相信她在很大程度上完成了原子能的研究，并将其当作完成目标的工具之一。她利用空气中的氮气进行的实验十分惊人，并且她还致力于研究无线能源，让某种能量高度集中到某一点。她到底取得了多大的成功，没有人知道，但可以肯定的是，她的成就远比人们所知道的要多得多。那个女人是个天才——居里夫人简直难以望其项背。她的天分再加上赖兰那几乎取之不尽的财富，以及李长岩的头脑——有史以来最伟大的犯罪头脑，来进行指挥和计划。非常好，就像你说的，这可不是文明能够应对的东西。"

他的话让我陷入了沉思。尽管波洛有时会过于夸张，但他并不是个喜欢危言耸听的人。这时我才第一次意识到，我们所面临的将是一场多么孤注一掷的冒险。

哈维很快回到了座位上，我们继续走完了剩下的旅程。

大概中午时分，我们到达了博尔扎诺。在那里，我们又坐上汽车继续前进。小镇中心的广场上有几辆蓝色的大型汽车，我们选了一辆坐进去。尽管白天挺热的，波洛还是用大衣和围巾把自己裹得只露出两只眼睛和耳朵尖。

我不知道他这是小心谨慎还是太害怕自己着凉。车程共几个小时，一路上十分惬意。刚开始的那段，我们穿梭在巨大的峭壁之间，途中还经过一道小瀑布。紧接着我们又进入一片郁郁葱葱的河谷，一直向前延续了好几英里。随后缓缓开上山坡，底部点缀着松树枝叶的光秃秃的石头山峰开始显现出来。周围的一切都富有自然气息，而且无比美妙。最后，在一连串的急转弯尽头，穿过一片松树林之后，我们突然看到一栋巨大的酒店，这才意识到已经到达了目的地。

房间预约好了，在哈维的带领下，我们径直走了进去。房间正对着外面的石头山峰和底下成片的松树林。波洛指了指外面的风景。

"是那里吗?"他压低声音问。

"是的。"哈维回答,"那里有个地方叫费森拉比兹,堆满了形状各异的巨石,当中有一条小路,采石场就在那个地方的右侧。但我们认为,真正的入口有可能在费森拉比兹内部。"

波洛点点头。

"快来,我的朋友,"他对我说,"我们下去,到露台上晒晒太阳。"

"你认为那样做真的明智吗?"我问。

他只是耸了耸肩。

外面的阳光很灿烂——实际上对我来说甚至有些太耀眼了。我们没有喝茶,而是点了两杯加了奶油的咖啡,随后回到楼上,把简单的行囊拆开了。波洛正处于最难以亲近的状况中,深深沉浸在自己的思绪里。他偶尔会摇摇头,轻叹一声。

我在火车上发现了一个很奇怪的人,他在博尔扎诺下了车,被一辆私家车接走了。他个子很矮,之所以会吸引我的注意是因为他也把自己裹得跟波洛一样严实。甚至比他更甚,因为除了大衣和围巾之外,那人还戴了一副巨大的蓝色眼镜,我几乎可以肯定他是四魔头派出来的间谍了。波洛对我的想法似乎不太认同。不过当我把头探出卧室窗户,看到那个人就在酒店附近转悠时,他也不得不承认这其中可能有些异常。

我努力劝阻我的朋友到楼下用晚餐,但他依旧坚持如此。走进餐厅时已经挺晚了,紧接着我们被领到了一个窗边的座位。还没等我们坐稳,旁边就传来一声尖叫和瓷器破碎的声音。一碟青刀豆劈头盖脸地洒在了旁边那桌的先生身上。

餐厅领班马上走了过来,连声道歉。

不一会儿,当那个笨手笨脚的服务员给我们上汤时,波洛对他说话了。

"刚才真是个不幸的意外,但那并不是你的错。"

"先生您看到了?不,那确实不是我的错。那位先生从椅子上跳了起来,我还以为他要袭击我呢。因此我没能避免那场灾难。"

我看到波洛的双眼折射出那种我无比熟悉的光芒。服务员离开后,他压低声音对我说:"你瞧,黑斯廷斯,这就是赫尔克里·波洛的影响力。他没有死,还活蹦乱跳的。"

"你觉得——"

我没有时间继续说完,因为我感受到波洛把手按在了我的膝盖上,随后他兴奋地低声说:"你看,黑斯廷斯,你看,他把玩面包的小动作!四号!"

没错,坐在邻桌的那个男人,脸色异常苍白的男人,正拿着一小块面包下意识地在桌子上戳来戳去。

我小心翼翼地观察着他。他的脸刮得很干净,胖乎乎的,有种病态的苍白,眼睛下面挂着两个硕大的眼袋,两条法令纹十分明显。他的年龄可能在三十五到四十五岁之间,看起来跟四号以前扮演过的人物没有一丝相似之处。确实,若不是他那玩面包的小动作——很明显他并没有意识到——我绝不敢肯定自己以前见过坐在那边的那个人。

"他认出你来了。"我低声道,"你不该下楼的。"

"我无与伦比的黑斯廷斯,我伪装了整整三个月的死亡,为的就是这一刻。"

"为了吓唬四号?"

"为了在一个他必须迅速做出反应,否则就不能做出任何反应的情况下吓唬他。而且我们还有一个绝佳的优势——他并不知道我们已经认出他了。他认为自己在新的伪装之下是安全的。我真感激弗洛西·门罗,是她把四号的习惯性小动作告诉了我们。"

"那接下来会怎么样?"我问。

"能怎么样?他认出了自己唯一惧怕的人,发现他奇迹般地从墓穴里钻了出来,就在四魔头的计划实施最为关键的时刻。奥利维叶夫人和亚伯·赖兰今天在这里用了午餐,人们都以为他们去了克缔纳①。只有我们知道他们实际上是回到了自己的藏身之处。我们究竟知道多少?这就是四号目前正在思考的问题。他不敢冒任何风险,我无论如何都要被除掉。很好,让他尝试除掉赫尔克里·波洛吧!我会拭目以待。"

波洛话音刚落,邻桌的男人就站起来走了出去。

"他去安排他的小把戏了。"波洛平静地说,"好朋友,不如我们到露台去喝咖啡吧?那边应该更舒适。先等我上楼拿件外套。"

我走到露台上,有点心不在焉。波洛的话并没有让我放下心来。可是,我觉得只要我们时刻保持警惕,就不会发生任何意外。于是我决定彻底警戒起来。

过了足足五分钟,波洛才回来。他又换上了平时对抗严寒的装备,围巾一直裹到耳朵尖儿上。他在我旁边坐下,心满意足地啜着咖啡。

"只有英国会出产糟糕透顶的咖啡。"他评论道,"在大陆这边,他们知道好咖啡对消化功能的重要性。"

---

①意大利多洛米蒂群山最著名的雪场之一,一九五六年举办过冬奥会。

他话音刚落,方才邻桌的那个人就突然出现在露台上。他毫不犹豫地走到我们桌边,拉出第三把椅子落了座。

"希望两位不介意我加入。"他用英语说。

"完全不介意,先生。"波洛回答道。

我感到浑身不自在。诚然,我们坐在酒店的露台上,周围都是人,尽管如此,我还是有点不安。我仿佛嗅到了危险的气息。

与此同时,四号却镇定自若地跟我们聊了起来,看起来完全就是个善意的游客。他向我们描述短途驾车出游的旅程,看起来对这一带非常熟悉。

他从口袋里掏出一支烟斗点燃。波洛也拿出自己那盒细细的香烟。他叼上一根,陌生人殷勤地拿着火柴凑了过来。

"我给你点上吧。"

他说着,我突然毫无征兆地眼前一黑。接着我听到玻璃碰撞的声音,紧接着有个气味刺鼻的东西堵住了我的鼻子,堵得严严实实……

第十八章 在费森拉比兹

我失去意识的时间肯定没超过一分钟。因为当我清醒过来时，发现自己正被两个男人拖着走。他们一人一边撑着我，还把我的嘴堵上了。周围一片漆黑，但我发现我们并不在户外，而是正穿过酒店。我能听到所有人用各种语言高声喊叫，质问灯怎么突然不亮了。那两个人把我拖下楼梯。我们走过一段地下通道，然后穿过一扇门，又从酒店后面的玻璃门走到了室外。不一会儿，我们头顶上就多出了一片松树的绿荫。

我瞥到另一个身影，正处于跟我一样的困境。同时我意识到波洛也成了这场大胆总攻的牺牲品。

四号凭借纯粹的鲁莽赢得了这一局。我猜他可能使用了某种立即起效的麻醉剂，有可能是氯乙烷——在我们的鼻子下方打破一小瓶药剂。随后，趁着周围陷入黑暗，他的手下——有可能就是坐在旁边的客人——把我们的嘴都堵上，然后把我们从酒店拖走了。

我无法形容接下来的那一个小时。我们以极快的速度穿过树林，全程都在往山上走。最后我们来到一片山腰上的空地，眼前是一片堆积成山的巨石。

这一定就是哈维提到的费森拉比兹。很快，我们便穿梭在了巨石的缝隙间。这里看起来就像鬼神构筑的迷宫一样。

我们突然停了下来，因为一块巨大的石头挡住了去路。其中一个人停下脚步，好像按了什么东西，紧接着，那块巨石竟悄无声息地旋转起来，露出一条隧道般的入口深入山腹。

我们又被急匆匆地推了进去。那条隧道前面很窄，但很快就越来越宽敞，不一会儿，我们就走到一个宽阔的岩石大厅，里面还有电灯照明。随后，四号打了个手势，我们的嘴被松开了。他一脸得意地站在我们面前，看着我们被搜身，口袋里的所有东西都被掏走，包括波洛的那把微型自动手枪。

看着那把手枪被扔到桌上，我感到一阵突如其来的绝望。我们被打败了——不仅一败涂地，还被对方的人数压倒。一切都完了。

"欢迎来到四魔头的总部，赫尔克里·波洛先生。"四号语气嘲讽地说，"再次见到您真是个惊喜。不过您好不容易从坟墓里爬出来，这样真的值得吗？"

波洛没有回答。我不敢看向他。

"到这边来，"四号继续道，"您的到来对我的同伴来说也会是个惊喜。"

他指了指墙上一个狭窄的开口。我们走了进去，发现里面是另一个房间。这个房间最深处有张桌子，周围摆放着四把椅子。主位上的椅子是空的，但上面搭着一件中式斗篷。第二把椅子上坐着嘴叼雪茄的亚伯·赖兰。而靠在第三张椅子上、目光如炬、貌似修女的人正是奥利维叶夫人。四号坐到了第四张椅子上。

我们被带到了四魔头面前。

尽管我们面对的是一张空椅子，但我却从未如此真切地感受到李长岩的存在。就算身在遥远的中国，他依旧牢牢地掌控着这个邪恶组织。

奥利维叶夫人见到我们，忍不住轻呼一声。赖兰更有自控能力，只是把雪茄换了个位置，耸起了花白的眉毛。

"赫尔克里·波洛先生，"赖兰缓缓说道，"这真是个令人愉悦的惊喜。你把我们都骗了。我们还以为你已经死透了呢。不过没关系，游戏正要开始。"

他的声音听起来仿如冰冷的钢铁。奥利维叶夫人没说什么，但她的眼睛一直死死地盯着我们，我并不喜欢她那缓缓勾起的微笑。

"女士们、先生们，晚上好。"波洛安静地说。

某些出乎意料的，某些我并没有准备从他的声音里听到的东西让我不由自主地看向他。我发现，他的姿态有点不一样。

紧接着，从我们背后传来衣服摩擦的声音，维拉·罗萨科娃女伯爵走了进来。

"啊！"四号说，"我们宝贵而值得信赖的上尉先生。你们的老朋友来了，我亲爱的女士。"

女伯爵带着一如往常的热情转过身来。

"我的上帝！"她惊叫道，"是那个小个子！啊！难道他像猫一样有九条命吗！为什么你还要掺和进来？"

"夫人，"波洛欠了欠身，"我，就像伟大的拿破仑一样，是站在大部队这一边的。"

波洛说话时，我看到她眼中闪过猜疑的光芒，与此同时，我发现自己在下意识间已经察觉到了真相。

我身边的这个人，并不是赫尔克里·波洛。

他非常像他，简直一模一样。他跟波洛有着一样的鸡蛋脑袋，一样的高傲姿态，一样的浑圆身材。但他的声音不一样，眼睛也不是绿色的，而更偏深色，还有那抹小胡子——那抹著名的小胡子……

女伯爵的声音打断了我的思考。她上前一步，声音里充满兴奋。

"你们被骗了。这个人不是赫尔克里·波洛！"

四号发出质疑的声音，但女伯爵还是凑了过去，用力拉扯波洛的小胡子。那抹胡子轻易就被撕了下来，紧接着，真相就显而易见了。因为这个人的上唇有一道小小的伤痕，让他整张脸上的表情看起来都完全不一样了。

"不是赫尔克里·波洛，"四号喃喃道，"那他到底是谁？"

"我知道。"我突然大喊一声，随后愣住了，生怕自己已经毁了一切。

可是，依旧被我们唤作波洛的男人却带着鼓励的神情看向我。

"说出来吧，无所谓了，计划已经成功了。"

"这位是阿喀琉斯·波洛，"我缓缓说道，"赫尔克里·波洛的双胞胎兄弟。"

"不可能！"赖兰尖锐地说着，但他明显已经动摇了。

"赫尔克里的计划已经完美成功了。"阿喀琉斯淡淡地说。

四号猛地冲了过来，声音急切而险恶。

"成功了，是吗？"他恶狠狠地说，"但你有没有发现，再过不久你就要死了？死了！"

"是的，"阿喀琉斯·波洛凝重地说，"我知道。是你没有意识到一个人有可能以牺牲生命来换取成功。在战争中，许多人为自己的国家献出了生命，我也准备为这个世界献出自己的生命。"

我突然想到，尽管我也愿意献出自己的生命，但还是希望有人能事先问问我的意见。随后我又想起波洛一直劝我不要来，心里顿时平静了不少。

"那你打算怎么献出自己的生命来拯救世界呢？"赖兰嘲讽地问。

"看来你并未察觉到赫尔克里这个计划的真正深意。首先，你们的藏身之处早在几个月前就暴露了，现在这里所有的游客、酒店工作人员等人都是警官或特工假扮的。山下已经拉起了一圈警戒线。你们或许有不止一条逃生路径，但还是不可能逃脱。波洛本人就在外面指挥整个行动。今晚，就在我顶替赫尔克里下楼到露台之前，我先往自己的靴子上涂满了洋茴香汁液，一群猎犬会追踪我留下的痕迹，将他们万无一失地领到费森拉比兹那个巨石入口处。来吧，要杀要剐随你的便，恢恢天网已经张开，你们逃不掉的。"

奥利维叶夫人突然大笑起来。

"你错了。我们有一条路可以离开，同时还能像上古的参孙那样毁灭我们的敌人。朋友们，我说得对吗？"

赖兰一直盯着阿喀琉斯·波洛。

"我觉得他在说谎。"他声音嘶哑地说。

另一个人则耸了耸肩。

"还有一个小时天就亮了，届时你们将会见证我说的究竟是不是真的。他们现在已经追踪到了费森拉比兹的入口。"

就在他说话时，远处突然传来一声巨响，紧接着有个人语无伦次地冲了进来。赖兰跳起来走了出去。奥利维叶夫人走到房间另一头，打开一扇我刚开始并没有注意到的门。我瞥了一眼内部，发现那是个装备非常精良的实验室，让我不由得回想起她在巴黎的住所。四号也跳起来走了出去。很快他又拿着波洛的左轮手枪走了回来，将其交给女伯爵。

"他们不太可能逃跑，"他神情阴郁地说，"但你最好还是拿着这个。"

说完，他又走了出去。

女伯爵向我们走来，仔细观察了我的同伴好一会儿。然后，她突然笑了起来。

"您太聪明了，阿喀琉斯·波洛先生。"她讽刺地说。

"夫人，我们来做个交易吧。幸运的是，他们把我们单独留在了这里。您的条件是什么？"

"我不明白。什么条件？"

"夫人，您能帮我们逃离这里。您知道这里的秘密逃生通道。所以我问您，您的条件是什么？"

她又笑了起来。

"远远超出你的能力，小矮子！告诉你，全世界的金钱都没法收买我！"

"夫人，我没在跟您谈钱，我是个有智慧的人。尽管如此，我所说的却是事实——每个人都能被收买！我愿意满足您的任何条件，以此交换我们的性命和自由。"

"难道你是个巫师吗！"

"如果您喜欢，大可以用这个名字来称呼我。"

女伯爵突然放弃了嘲讽的态度。她尖刻而愤怒地说："愚蠢！满足我的任何条件！你能替我向我的敌人复仇吗？你能把青春和美丽，还有一颗快乐的心还给我吗？你能让死人复活吗？"

阿喀琉斯·波洛非常好奇地看着她。

"您到底想要哪个，夫人？选一样告诉我。"

她讥讽地大笑起来。

"不如你给我一份回魂药吧。好吧，我跟你做个交易。我曾经有过一个孩子，替我找到那个孩子，然后你就能离开。"

"夫人，我同意，这确实是个公平的交易。您的孩子将会回到您身边，以……以赫尔克里·波洛的名誉起誓。"

这个奇怪的女人又笑了起来。这次，她的笑声放肆而悠长。

"我亲爱的波洛先生，很抱歉我给您下了个小圈套。您向我保证帮我找回孩子，这真是太令人感激了，但是您瞧，不巧，我知道您根本不会成功，所以这是个无法实现的交易，难道不是吗？"

"夫人，我当着众天使的面对您发誓，我一定会替您找到那个孩子。"

"我刚才问过您了，波洛先生，您能让死人复活吗？"

"莫非那个孩子已经……"

"死了？是的。"

他上前一步，握住她的手腕。

"夫人，我……我在这里，对您再次发誓，我能让死人复活。"

她目不转睛地凝视着他。

"您不相信我，但我会证明自己的话。请您把他们从我身上搜走的笔记本拿过来好吗？"

她离开房间，拿着笔记本走了回来，自始至终都紧紧握着左轮手枪。我觉得阿喀琉斯·波洛能欺骗她的可能性非常低。维拉·罗萨科娃女伯爵可不是个蠢货。

"打开它，夫人，翻到左侧的书签页。就是那里。拿出那张照片，仔细看看。"

她惊讶地拿出一张小小的快照。只看了一眼，就惊叫一声，身子摇晃，仿佛随时都要晕倒。然后她几乎扑向了我的同伴。

"哪里？哪里？你必须告诉我。在哪里？"

"请记住您提出的交易,夫人。"

"是的,是的,我相信你。快,趁他们还没回来。"

她拽起他的手,安静而迅速地走出房间。我跟在后面,来到外面的房间。她领着我们走进方才穿过的那条隧道,只走了一小段距离就来到一个岔路口,她带我们转向了右边。前面的道路不断分岔,但她带着我们不断前进,没有表现出一丝一毫的犹豫和不确定,并且速度越来越快。

"希望我们能赶上。"她喘着粗气说,"我们必须赶在爆炸之前到外面去。"

我们不断地快步向前走着。我早就知道这条隧道可以穿过整座山,我们最后肯定可以走到另一头去,来到另外一处山谷。汗水不断从我脸上滑落,但我还是没有放慢速度。

然后,我远远地看到了一点光。那个光点离我们越来越近。紧接着我又看到了一丛丛灌木。我们把灌木拨开,钻了出去,终于重见天日,远方的天空已经被染上了一片鱼肚白。

波洛所说的封锁线一点不假。我们刚钻出来,就有三个男人扑了过来,很快又惊讶地把我们放开了。

"快!"我的同伴大声说,"快,我们没有时间了。"

但他的话注定无法说完。我们脚下的地面开始震颤,突然传来一声惊人的巨响,整座山仿佛都崩塌了。我们被狠狠地抛到了空中。

我醒了过来,发现自己身处一个陌生的房间,躺在一张陌生的床上。有人坐在窗边,他转过来,走到我身旁。

是阿喀琉斯·波洛——不,等等,这是……

那熟悉的嘲讽语气驱散了我的所有疑虑。

"是的,我的朋友,没错。我的兄弟阿喀琉斯已经回家去了,回到那片神话的土壤,其实从头到尾都只有我一个人。世界上并不只有四号会演戏。往眼睛里滴一点阿托品,牺牲掉我的小胡子,最后再加上两个月前让我痛不欲生的真实伤疤——我不能顶着蹩脚的伪装出现在四号那如同老鹰般锐利的目光中。另外我需要画龙点睛的一笔,那就是你对阿喀琉斯·波洛这个人的存在的认知!你为我提供的帮助无比珍贵,这场总攻有一半的功劳都在你身上!整个计划的关键就在于让他们深信波洛还在外面统揽全局。除此之外,我所说的洋茴香和警戒线,等等,那些都是真的。"

"那你为什么不找个真正的替身来呢?"

"然后让你在没有我的情况下深入险境?你真是太小瞧我了!再者,我一直都认为可以通过那位女伯爵帮我们找到出路。"

"你到底是怎么说服她的?那个故事可不太有信服力——关于那个死掉的孩子。"

"女伯爵的观察力远比你要敏锐得多,我亲爱的黑斯廷斯。她一开始确实被我的伪装欺骗了,但是很快就看了出来。当她说出那句'您太聪明了,阿喀琉斯·波洛先生'时,我就知道她猜出了真相。一旦错过那一刻,我手上的王牌就打不出去了。"

"所以你们就说了一通让死人复活的废话?"

"一点没错。不过你瞧,我确实找到了那个孩子。"

"什么?"

"当然啦!你知道我的座右铭——未雨绸缪。在我发现罗萨科娃女伯爵跟四魔头牵扯在一起后,马上就想尽办法查清了她的身世经历。我发现她曾经有过一个孩子,记录上显示被杀死了。与此同时,我还发现整个事件中存在一个矛盾之处,这让我怀疑那个孩子可能还活着。最后，我终于找到了那个男孩，并花了一大笔钱买下了那个孩子。那个可怜的小家伙当时已经快要饿死了。我把他安排到了一个安全的地方，跟友善的人待在一起，然后拍了一张他在新环境里的照片。这样一来，在时机到来时，我就随时能拿出自己的翻转戏码！"

"你真是太棒了，波洛。真是太棒了！"

"而且我也很乐意这样做。因为我一直都对女伯爵倾慕有加。如果她在爆炸中香消玉殒，我一定会伤心欲绝。"

"我一直挺害怕问你这个问题的——四魔头呢？"

"所有人的尸体都找到了。不过四号的几乎难以辨认，因为他的脑袋被炸碎了。我希望——我真希望事实并非如此，因为我想确定……但再也不需要了。你看这个。"

他递给我一张报纸，上面标记了一个自然段。内容是关于李长岩自杀的消息，那个主导了近期这场革命的人最终一败涂地了。

"我最强大的敌手，"波洛沉重地说，"命中注定我们无法见面。当他接到这里的灾难性消息时，选择了最简单的出路。一个伟大的头脑，我的朋友，一个伟大的头脑。但我也很希望能看看四号的那张脸……其实说到底，我还是个浪漫主义者。但他已经死了。是的，我的朋友，我们共同面对，并铲除了四魔头。现在，你该回到你那迷人的妻子身边了，而我……我则要隐退。我生命中最伟大的案子已经结束了。从此以后，所有的案子在我面前都会显得黯淡无光。不，我应该隐退了。或许我能去种种西葫芦！我甚至可以结婚，让自己安顿下来！"

他说完便开怀大笑起来，同时难以遮掩一丝尴尬。我希望……小个子男人总会喜欢高大艳丽的女人……

"结婚，让自己安顿下来。"他又重复了一遍，"谁知道呢？"

The Big Four
Copyright © 1927 Agatha Christie Limited. All rights reserved.
© 2013 Letter for Chinese Reader, New Star Edition by Mathew Prichard.
www.agathachristie.com
The Poirot icon is a trademark, and AGATHA CHRISTIE, POIROT, *Agatha Christie*® and the AC Monogram Logo are registered trade marks of Agatha Christie Limited in the UK and elsewhere. All rights reserved.
Published by agreement with ACL.
Simplified Chinese edition copyright: 2022 New Star Press Co., Ltd.

图书在版编目（CIP）数据

四魔头 /（英）阿加莎·克里斯蒂著；吕灵芝译. ——2 版. —— 北京：新星出版社，2022.7
ISBN 978-7-5133-3816-5

Ⅰ. ①四… Ⅱ. ①阿… ②吕… Ⅲ. ①侦探小说－英国－现代 Ⅳ. ① I561.45

中国版本图书馆 CIP 数据核字（2022）第 090221 号

午夜文库
谢刚 主持

四魔头

[英] 阿加莎·克里斯蒂 著；吕灵芝 译

责任编辑：王　欢　　　　**特约编辑：**赵笑笑
责任校对：刘　义　　　　**责任印制：**李珊珊
封面插图：宣　和　　　　**装帧设计：**周伟伟

出版发行：新星出版社
出 版 人：马汝军
社　　址：北京市西城区车公庄大街丙 3 号楼　　100044
网　　址：www.newstarpress.com
电　　话：010-88310888
传　　真：010-65270449
法律顾问：北京市岳成律师事务所

读者服务：010-88310800　　service@newstarpress.com
邮购地址：北京市西城区车公庄大街丙 3 号楼　　100044

印　　刷：北京美图印务有限公司
开　　本：910mm×1230mm　1/32
印　　张：6.625
字　　数：102 千字
版　　次：2022 年 7 月第二版　2022 年 7 月第一次印刷
书　　号：ISBN 978-7-5133-3816-5
定　　价：42.00 元

版权专有，侵权必究；如有质量问题，请与出版社联系调换。